Vestivamo alla marinara

Ai miei figli

Maybe that's all understanding
is: a terrific familiarity.

Avvertenza

Quando un editore inglese mi ha chiesto di scrivere un libro, non sapevo che chiede di scrivere un libro ad ogni donna che incontra.

In realtà, l'editore voleva un libro sul fascismo o sulla vita di una famiglia ricca durante l'Italia fascista.

Si dà il caso che sono nata nel 1922, l'anno in cui Mussolini è salito al potere, e che mi sono sposata nel 1945, anno in cui il fascismo è stato debellato con la fine della guerra e la morte di Mussolini.

Così il libro è diventato la storia della mia vita durante gli anni del fascismo. Ma credo che il mio editore inglese ne sia rimasto deluso.

Si aspettava più scandali, più pettegolezzi, più nomi.

Ho scritto quello che mi ricordavo, usando, nello scrivere, il linguaggio che mi è abituale nel parlare. Qualche volta ho raccontato episodi che mi erano stati riferiti, anche se, più tardi, ho scoperto che non corrispondevano alla realtà. Come, per esempio, che Axel Munthe aveva chiesto a mia nonna, Princess Jane, di smettere di bere. Non è vero, ma da bambina era quello che pensavo.

Mi hanno fatto osservare che non accenno mai al fatto che mio nonno abbia fondato la Fiat nel 1899. Su di lui sono stati scritti libri pieni di date e fatti. Per me era "il nonno" o "il Senatore", come la principessa di Trabia era la nonna di Raimondo, e Malaparte era un uomo che voleva bene a mia madre.

Questa è la mia vita come la ricordo fino al giorno in cui mi sono sposata.

lamentarsi di

Il corridoio era lungo, a destra e a sinistra si aprivano le camere da letto. A metà corridoio c'era la camera da gioco dove stavamo quasi sempre, piena di scaffali e di giocattoli. Noi eravamo tanti e avevamo molte governanti che non si amavano fra di loro: sedevano nella camera da gioco e si lamentavano del freddo, del riscaldamento, delle cameriere, del tempo, di noi. D'inverno le lampadine erano sempre accese; la luce di Torino che entrava dalle finestre era grigia e spessa.

Vestivamo sempre alla marinara: blu d'inverno, bianca e blu a mezza stagione e bianca in estate. Per pranzo ci mettevamo il vestito elegante e le calze di seta corte. Mio fratello Gianni si metteva un'altra marinara. L'ora del bagno era chiassosa, piena di scherzi e spruzzi; ci affollavamo nella camera da bagno, nella bagnarola, e le cameriere impazzivano. Ci spazzolavano e pettinavano i capelli lunghi e ricci, poi li legavano con enormi nastri neri.

Arrivava Miss Parker. Quando ci aveva radunati tutti: « Let's go » diceva « e non fate rumore. » Correvamo a pazza velocità lungo il corridoio, attraverso l'entrata di marmo, giravamo l'angolo appoggiandoci alla colonnina dello scalone e via fino alla saletta da pranzo dove ci fermavamo ansimanti. « Vi ho detto di non correre, » diceva Miss Parker « one day vi farete male e la colpa sarà soltanto vostra. A chi direte grazie? »

Ci davano da mangiare sempre quello che più odiavamo; credo che facesse parte della nostra educazione britannica. Dovevamo finire tutto quello che ci veniva messo sul piatto. Il mio incubo erano le rape e la carne, nella quale apparivano piccoli nervi bianchi ed elastici. Se uno non finiva tutto quello che aveva nel piatto se lo ritrovava davanti al pasto seguente.

Il dolce lo sceglievamo a turno, uno ogni giorno. Quando era la volta di Maria Sole noi le dicevamo « Adesso, per l'amor del cielo, non scegliere "crème caramel" che nessuno può soffrire. » Invariabilmente Miss Parker chiedeva: « So, Maria Sole, che dolce, domani? It's your turn ». Maria Sole esitava, arrossiva e sussurrava: « Crème caramel ».

« Ma perché continui a dire "crème caramel" se non ti piace? »

« Non mi viene in mente nient'altro. »

Ancor oggi non ho scoperto se quella dannata "crème caramel" le piacesse davvero e non osasse ammetterlo o se fosse troppo grande lo sforzo di pensare a un altro dolce.

Dopo colazione facevamo lunghe passeggiate. Attraversavamo la città fino a piazza d'Armi, dove i soldati facevano le esercitazioni. Soltanto se pioveva ci era permesso camminare sotto i portici (i famosi portici di Torino) e guardare le vetrine dei negozi. Guardarle senza fermarsi, naturalmente, perché una passeggiata è una passeggiata e non un trascinarsi in giro che non fa bene alla salute.

Torino era, anche allora, una città nota per le sue pasticcerie. Nella luce artificiale delle vetrine apparivano torte arabescate, paste piene di crema, cioccolatini, marzapani, montagne di brioches, fondants colorati disposti in tondo sui piatti come fiori, ma noi non ci saremmo mai sognati di poter entrare in un negozio a comprare quelle tentatrici delizie. "Non si mangia tra i pasti; it ruins your appetite" era una regola ferrea che mai ci sarebbe venuto in mente di discutere.

Così camminavamo dalle due alle quattro, paltò alla marinara e berrettino tondo alla marinara con il nome di una nave di Sua Maestà Britannica scritta sul nastro, Miss Parker in mezzo a due di noi da una parte e uno o due di noi dall'altra finché non era l'ora di tornare a casa.

Guardavamo con invidia i bambini a cui era permesso giocare sui viali di corso Duca di Genova o ai giardini pubblici. C'erano gruppi di balie con la sottana colorata, il grembiule di pizzo e il fazzoletto di seta lucente tenuto in testa con gli spilloni di filigrana d'oro. Portavano tutte la stessa giacchetta di coniglio nero che faceva parte del corredo cui avevano diritto quando entravano in una famiglia a dare il latte al nuovo bebè; poi finivano col fare la balia asciutta. I bebè stavano seduti in carrozzina, i bambini più grandi giocavano tra di loro, avevano il cerchio, le biglie, il monopattino; avevano amici, bisticciavano, parlavano, saltellavano, gridavano. Noi camminavamo.

Miss Parker disapprovava le balie che tiravano giù le mutandine ai bambini e facevano "Pss, pss", tenendoli per le gambe contro un albero.

Qualche famiglia aveva la signorina inglese. In questo caso Miss Parker non voleva che giocassimo con bambini i cui genitori non erano ricevuti a casa nostra. «Don't forget you are an Agnelli» aggiungeva.

Alle quattro tornavamo a casa, facevamo i compiti, giocavamo. Mentre aiutavo Gianni a sistemare la locomotiva a vapore o il treno elettrico mi veniva il terrore del buio e della notte che si avvicinava.

Vedevamo i nostri genitori finito il nostro pranzo, mentre si preparavano per il loro. Qualche volta, se non avevano troppi invitati, sedevamo con loro in biblioteca finché il pranzo non era servito. E qualche volta ci veniva perfino permesso di sedere intorno alla tavola. Ma siccome giocavamo con la cera delle candele e diventavamo noiosi ci mandavano subito via. Di ritorno in camera da gioco Miss Parker ci leggeva ad alta voce un racconto, o facevamo un gioco, finché: « Time for bed now » diceva Miss Parker « lavatevi i denti e verrò tra dieci minuti a darvi la buona notte; ricordatevi di piegare i vestiti e di dire le preghiere. » Mi inginocchiavo in camera da letto e pregavo disperatamente. Baciavo il Crocifisso e la Madonna accanto al mio letto e chiedevo soltanto di non avere troppa paura e di poter dormire senza svegliarmi durante la notte.

Entravo nel letto. Avevamo una camera per uno, e quando Miss Parker entrava le buttavo le braccia intorno al collo, la stringevo e la supplicavo di lasciare la mia porta aperta "soltanto un pochettino", così che potessi vedere la luce. « No, no, » rispondeva calma « devi imparare a dormire al buio, è silly avere paura. »

Quando se ne andava, per un po' vedevo la luce della camera da gioco spuntare dallo spacco al fondo della porta. Poi quando la luce si spegneva ero agghiacciata all'idea di essere al buio. Mi alzavo, entravo nelle camere dei miei fratelli e li guardavo dormire; era come se non ci fossero perché non ci potevamo parlare e non mi vedevano; era come se io fossi morta; e avevo ancora più paura. Tornavo a letto e facevo pipì per avere una sensazione di calore e di vita. Qualche volta gridavo. Nessuno mi sentiva, o, se mi udivano, facevano finta di non sentirmi.

12

Quando mi svegliavo al mattino mi importava soltanto che fosse giorno e che la gente intorno fosse viva. Durante il giorno dimenticavo.

Vigiassa era per noi un grande divertimento. In casa la disprezzavano perché suo marito l'aveva lasciata con una bambina piccola e se n'era andato in America. Aveva i capelli rossi ed era coperta di lentiggini. Voleva essere chiamata la "balia Vigia", anche se non era venuta da noi per allattare, ma solo come balia asciutta per Cristiana. Poi era diventata cameriera dei bambini e litigava continuamente con le signorine e con le nannies. Rispettava solo la Miss Pack perché Miss Pack era giusta, anche se era protestante. Aveva terrore di nostro padre. Così, quando papà era di buon umore, lo convincevamo a chiamare Vigiassa in camera sua prima di pranzo, come se volesse sgridarla. Vigiassa appariva, più rossa che mai, sudata fradicia, guardandosi intorno con gli occhi tormentati e atterriti finché non ci scopriva nascosti dietro una tenda a ridere e papà diceva « Va bene, Luisa, volevo solo sapere come stavi ». Dopo piangeva e ci diceva: « Non dovete fare così, ho paura, sudo e dopo la mamma dice che "spusso". È vero, "spusso", ma è perché ho i capelli rossi; non è colpa mia, non c'è niente da fare, anche se mi lavo molto più delle altre ». Ridevamo. Si sedeva vicino al tavolo del piccolo guardaroba dove stiravano i vestiti di mia madre e finiva col cantarci una lagna monotona che diceva "È andato in Merica, è andato via".

II

Il lato della casa che guardava su via Papacino era nostro, dei bambini. Finiva in una terrazza coperta che più tardi fu trasformata in palestra. Le camere dei nostri genitori davano invece sul corso Oporto dove gli ippocastani bordeggiavano il viale al centro della strada. Sul corso guardavano anche la biblioteca, il salotto e il salone che si aprivano sull'entrata di marmo e lo scalone.

Il terzo lato della casa dove erano le cucine, l'office e le camere delle persone di servizio guardava sulla via Avogadro. Nel mezzo c'era uno studiolo dove ci davano lezioni private; era allegro e pieno di libri. Forse era allegro perché era in mezzo ai camerieri e le cameriere e si sentiva ridere e lavorare. I tre lati della casa abbracciavano un cortile con una fontana di marmo bianco. A primavera con la bicicletta giravamo intorno alla fontana rotonda.

Quando avevamo dieci anni e incominciavamo il ginnasio andavamo alla scuola pubblica, ma prima studiavamo a casa, in privato. Studiavamo con la signorina Corsi. La signorina Corsi era nevrotica e complicata, e Miss Parker se avesse potuto non l'avrebbe certo scelta come nostra insegnante. Intanto perché la Corsi insisteva che alle dieci e mezzo le fosse servito un cappuccino, e questo era contrario a tutti i princìpi di Miss Parker. Non passava giorno che la signorina Corsi non ci ricordasse il cappuccino. Lei aveva specificato che non avrebbe accettato di darci lezione se non le fosse stato servito il cappuccino: senza il cappuccino, aveva spiegato, sarebbe svenuta. Così, a malincuore, le sue condizioni erano state accettate e ora aveva diritto al suo cappuccino che, non mancava di dirci ogni mattina, era fatto di caffè leggero e tiepido, latte bollito con la pelle dentro e, anche se servito su vassoio d'argento da un cameriere in livrea, era un cappuccino proprio cattivo, ripeteva, proprio cattivo.

La signorina Corsi levava tutte e due le mani verso il soffitto e le sventolava in aria, come bandierine, per asciugare il sudore. Era molto sensibile e doveva portare i sottobracci di gomma sotto le camicette per proteggerle alle ascelle. Aveva grandi cerchi mauve sotto gli occhi e una lunga faccia, triste e pallida. Si sentiva l'odore del suo sudore. Quando mio padre, eccezionalmente, entrava nella stanza per chiedere notizie dei nostri studi, prendeva con le mani il davanti della camicetta e la staccava dal corpo due o tre volte per dare aria alle ascelle. Mio padre se ne andava subito.

"Povera Anna", diceva la signorina Corsi parlando di se stessa. Di quando in quando alludeva con tono misterioso a un capitano che era nella sua vita.

Un pomeriggio Vigiassa entrò in camera da gioco e mormorò qualcosa a proposito della signorina Corsi. Miss Parker fece "Tch, tch", come rivolgendosi a un uccello che fa troppo rumore in una gabbia, poi scuotendo la testa con disapprovazione si mise il paltò e uscì. A quell'ora del giorno una cosa inaudita.

Dalle cameriere venimmo a sapere che la signorina Corsi aveva tentato di suicidarsi: "per il capitano". Per un settimana non venne a darci lezione, poi ricomparve più pallida, gli occhi ancora più cerchiati, sempre più simile a un pesce morto dietro una lente di ingrandimento. Nessuno parlò mai di quello che era successo.

I suicidi a quel tempo erano molto alla moda. Le cameriere che si innamoravano del maggiordomo, gran seduttore, prendevano continuamente, lassù in quelle stanze dove abitavano, troppi sonniferi.

« È tutta colpa tua, Virginia, » diceva nonna Jane a mia madre « tu non fai che regalare a quelle ragazze la tua biancheria di seta. Che cosa t'aspetti? Bisogna pure che la facciano vedere a qualcuno. »

Eleganti e raffinate, le cameriere di mia madre guardavano dall'alto in basso le altre che andavano a letto coi camerieri e gli autisti. Queste, se litigavano coi loro amanti arrivavano a dirsi cose tremende ma non tentavano di suicidarsi. Il suicidio era al di sopra del loro livello sociale.

In cima alla scala di servizio che partiva dal cortile alcune camerette erano affittate ad altra gente: in una di queste viveva la Pignolo. Faceva la sarta per bambini.

Si saliva per gli scalini sporchi e fumosi, si faceva girare il campanello a mano, come quello di una bicicletta, inchiodato sulla porta di legno, e si aspettava. Quando la Pignolo apriva, si veniva arrestati dall'odore di cucina che saliva dalla pentola sotto la finestra, poi attratti dai vestitini ricamati appesi tutt'intorno nella stanza. C'erano stoffe di ogni gradazione, sete, taffetas, ricami inglesi, nastri di tutte le misure. In mezzo stava la Pignolo, fatta come una ghianda con due piccole gambe che uscivano da sotto; quando sedeva sullo sgabello davanti alla macchina da cucire era in tutto simile alle figure disegnate sulle carte del "happy families" con cui giocavamo di sotto prima di andare a dormire. La Pignolo cuciva e cuciva. E quello che toccava diventava così bello, che si dimenticava l'odore di minestra lasciata lì che riempiva la piccola soffitta.

Anche la portineria puzzava di cibo. L'odore si infilava dalla porticina quando Guglielmo apriva la vetrata a chi scendeva dalle automobili che entravano sotto il portone. Mia madre odiava l'odore di cipolla e di aglio e non permetteva che fossero usati in cucina. Ma Giuseppina era stata la sua cameriera personale per molti anni, prima di sposare Guglielmo, e Giuseppina continuava a cucinare aglio e cipolla a cuor contento. Alle sgridate di mia madre, gli occhi neri scintillanti come "jais", rispondeva che a un uomo bisogna dare il cibo che gli piace.

Quando eravamo sicuri che Miss Parker non ci avrebbe scoperti, Giuseppina ci lasciava assaggiare i suoi piatti appetitosi pieni di pomodori e gusti strani. Guglielmo era alto, gentile, stupido e bello nella sua livrea. Giuseppina era piccolina, graziosa, svelta come può essere soltanto una "madamin" piemontese. Rispondeva al telefono, e sapeva tutto quello che succedeva in casa.

III

A metà giugno ci portavano a scuola a pochi isolati da casa, per fare, insieme agli altri bambini, gli esami di ammissione alla classe successiva. L'odore di inchiostro, di matite, dei capelli degli scolari si mescolava con l'aria fresca delle aule e dei larghi corridoi. Gli altri bambini, che avevano trascorso l'anno insieme, nella stessa classe, guardavano me, la privatista, con un misto di curiosità e compassione. Non avevo il grembiule, portavo la marinara, e avevo i capelli insolitamente lunghi e ricci. Un anno, all'esame di quarta, la maestra mi chiamò alla cattedra. Fatti i tre scalini di legno, mi fermai davanti alla lavagna. Mi interrogava in geografia: « Parlami di Venezia » disse. Poi: « Sei stata a Venezia? ».

« Sì. »

« Non ti insegnano l'educazione a casa tua? »

Stavo zitta, stupita. Non capivo a che cosa si riferisse.

« Non ti insegnano a rispondere "Sissignora"? »

« No » ho risposto.

« Nossignora » mi ha ripreso con astio e vedevo nei suoi occhi una strana felicità. Più tardi ho capito che era una rivincita.

Dopo gli esami partivamo per il mare.

IV

Ho dieci anni. Vado a scuola, tutto è nero. Fuori è scuro come una minestra di lenticchie, la nebbia ti fa solletico in gola. Si accende la luce al centro della stanza. Corriamo in bagno, ci laviamo i denti, ci infiliamo i vestiti preparati ieri sera sulla seggiola (pesanti mutande nere di lana sotto la scura gonna alla marinara, calzettoni di lana nera fino al ginocchio). La cameriera mi spazzola i capelli e li lega con un nastro nero; i miei capelli si gonfiano intorno alle spalle, crespi, ricci, dorati e coprono il colletto della mia blusa alla marinara. La mia cartella nera è piena di libri scelti per le lezioni di oggi; quaderni, vocabolario, penna stilografica, riga, una metà dei libri da una parte, l'altra metà dall'altra. Al centro, nello spazio, faccio scivolare un pacchetto, bianco, lucido, che ci viene portato a tavola insieme alla prima colazione.

Seduti educatamente intorno al tavolo beviamo il latte caldo, mastichiamo i "toasts" col burro e la marmellata. Poi ci infiliamo il paltò blu scuro alla marinara; Miss Parker è già pronta col paltò e il cappello e insieme ci incamminiamo verso il Ginnasio-Liceo D'Azeglio. La cartella è molto pesante. La mia mano diventa molto fredda. Mentre salgo di corsa gli scalini della scuola comincia ad apparire una specie di giorno. Mio fratello entra dalla porta dei maschi in via San Quintino. Scompare, ci rivedremo a mezzogiorno quando Miss Parker verrà a riprenderci davanti alla porta dove ora mi ha lasciato.

Quasi tutti i bambini vengono a scuola da soli; qualcuno è accompagnato dalla mamma, qualcuno dalla cameriera. Poche ragazze, figlie di ufficiali, hanno, ad aspettarle, un soldato; l'attendente del padre. Le cameriere, gli attendenti, a volte anche le mamme portano le cartelle degli scolari. "Vergognoso", dice Miss Parker. Qualche bambino arriva a scuola in automobile, guidata dallo chauffeur; Miss Parker trova che questo è molto volgare. Mai e poi mai a noi verrebbe permesso di andare a scuola in automobile; nemmeno col temporale, la pioggia battente, o la neve.

Sediamo in una classe brutta e triste, dieci o dodici ragazze insieme, il grembiule nero che copre il vestito, in mezzo a trenta ragazzi. Le lezioni sono noiose e anonime. Consistono generalmente nell'interrogazione alla lavagna di uno studente che espone all'insegnante la lezione imparata a casa, poi il professore annota in gran segreto un voto sul registro di classe. Tutti trattengono il respiro finché non viene letto il nome dello studente, poi si abbandonano a fantasticare fino alla fine dell'interrogazione. Il tempo che l'insegnante dedica all'insegnare o allo spiegare, o al leggere, o al comunicare con i ragazzi è il più breve possibile. È una relazione basata sulla minaccia di quel piccolo voto scritto su quel registro misterioso.

Alle dieci c'è l'intervallo; le ragazze vanno tutte in uno stanzone squallido che dà su un balcone con ai due lati un gabinetto sporco e puzzolente. La puzza filtra nello stanzone vuoto dove è permesso mangiare, durante quei dieci minuti d'intervallo, in piedi, il proprio panino.

Le ragazze guardano con invidia il mio pacchetto bianco che contiene un sandwich di pane bianco ripieno di burro e pollo bianco, che io detesto. Io guardo con invidia il loro pane scuro con due fette di salame o la loro fetta di castagnaccio o il loro pane e cioccolato. Col tempo imparo a barattare la mia merenda con la loro.

Poi si torna in classe e le lezioni continuano nella stessa monotona noia finché suona il campanello di mezzogiorno e tutti ci precipitiamo giù per le scale, fuori nella strada grigia. Miss Parker è lì che aspetta. Troviamo Gianni e camminiamo fino a casa. Odio la scuola, le lezioni, i compiti, la mancanza di interesse e di amore. Odio il nero.

V

Certe sere, fra i camerieri, regna una grande agitazione. Uno di loro cammina su e giù per la casa, attraversa la biblioteca e i saloni, scende e risale per lo scalone di marmo portando una paletta di ferro piena di braci ardenti; ogni dieci passi si ferma e versa sulle braci ardenti qualche goccia di liquido oleoso da una bottiglietta che tiene nell'altra mano. Il fumo profumato striscia lungo le tende, gli arazzi, i quadri; rimane nell'aria. Vigiassa ci dice che viene a pranzo il principe di Piemonte e che "mammà" ha dato ordine che noi dobbiamo essere pronti, tutti vestiti uguali, nell'entrata di sotto per fare l'inchino quando arrivano il principe e la principessa. Papà e mammà sono in piedi con noi dove inizia lo scalone; Gianni ha la marinara, noi quattro sorelle abbiamo il vestito di organdis ricamato a roselline. Mio padre è nervoso, perché, tanto per cambiare, mia madre non era pronta all'ora che lui aveva detto. Mia madre è bellissima. Sotto il portico appaiono le luci di una macchina. La vetrata pesante è spalancata da Guglielmo, più bello e importante che mai nella sua livrea blu scura. Il principe e la principessa entrano. Sono dei veri Reali; lui in uniforme, sorridente; lei con il diadema e i sognanti occhi azzurri; tutti e due belli, giovani e felici. Facciamo la riverenza; ci baciano sui capelli. Poi si avviano, a piedi, per lo scalone e a noi ci mandano a letto.

Passando lanciamo un'occhiata sugli invitati. Gli uomini hanno tutti il frack; sulla sinistra, all'altezza del cuore portano i nastrini colorati delle decorazioni. Anche Mario Garassino, il maggiordomo, porta le decorazioni. È stato molto coraggioso in guerra, ed è anche stato ferito; le cameriere sono estasiate. Prima dell'arrivo degli invitati ci hanno permesso di entrare in camera da pranzo per guardare la tovaglia ricamata con il bordo di pizzo, i fiori, i porta dolci di vermeil pieni di cioccolatini, di mente, di fondants, i bicchieri di forme e colori diversi, tutti in fila davanti ai piatti di porcellana decorati di mazzi di rose sottili. Le piccole fioriste correvano spaventate tendendo un ramo di fiori alla loro madama Asinari che metteva il tocco finale alla decorazione, mentre una cameriera, in piedi in un angolo, con il ferro caldo in mano, aspettava di stirare una piegolina sulla tovaglia, quando, finalmente, tutta questa gente se ne fosse andata.

VI

Altre volte è mio nonno che viene a pranzo e che rende tutti, in casa, nervosi. Viene, generalmente, solo, senza la nonna; la nonna è quasi sempre malata, sta a letto senza avere una malattia particolare, dicendo cattiverie su tutti e facendosi compiangere e coccolare da suo marito e da suo figlio.

La visita del Senatore riempie tutti di paura. Poche persone sono invitate a pranzare con lui. Credo che disapprovi gli amici e la vita dei miei genitori. Arriva puntualissimo e sale a piedi evitando l'ascensore: mio padre esce dalla biblioteca per accoglierlo in cima allo scalone. Si stringono la mano; mia madre entra in biblioteca correndo da una porta laterale; mio padre la fulmina con lo sguardo; di nuovo è in ritardo. « Come stai, Senatore? », sorride a mio nonno, avvicinandosi; lui la guarda, e affascinato dal suo modo di fare, finalmente sorride.

Di solito gli invitati dei miei genitori bevono i "cocktails"; mio nonno beve solo il vermouth. Il pranzo è servito quasi subito. I fiori, il menu, la tovaglia sono diversi dagli altri ricevimenti; tutto è in tono minore. Noi siamo stati ammessi a dire buona notte prima che gli invitati passassero in sala da pranzo. Mio nonno non è molto interessato alla nostra presenza. Mio padre ha l'aria imbarazzata, mia madre leggermente annoiata. Il Senatore viene di rado.

Qualche volta, di sabato sera, siamo invitati a pranzo nella casa dei nonni; è una villa con giardino, le finestre della camera da letto guardano sul Valentino. Ci sono i nostri cugini, e alcuni vecchi amici o parenti lontani. Le signore vestono tutte di scuro; portano vestiti in crèpe de chine, color prugna o verde bottiglia con le maniche lunghe, tipo chemisier. La nonna, intorno alle spalle magre, porta una cappetta di pelliccia grigia e bianca. Mangia cose speciali; piccole porzioni di yoghurt, o una minuscola polpetta, due cucchiaiate di puré di spinaci, un'albicocca candita a pezzettini. Mangia facendo smorfie che tendono a farci capire quanto odia tutte queste cose che le danno. Intanto a noi vengono serviti "fritti misti" con crocchette e supplì di tutte le qualità e cassate multicolori che sono la specialità di Bastone, lo chef napoletano.

A noi piace moltissimo questo tipo di cibo, così diverso da quello che ci danno a casa e andiamo pazzi per il vino bianco abbastanza dolce, che qui viene servito anche ai bambini.

Dopo pranzo, si prende il caffè in salotto e mio nonno se ne va in uno studiolo vicino portandosi dietro due o tre uomini per fare una conversazione seria. Intanto mia nonna mormora « Quanto è brutta; guardate, ha una bocca che sembra un violino, piena di buchi e fili », accennando alla sfortunata moglie di un invitato che, ignara di quello che si dice, sorride educatamente. Mia nonna vede sempre il peggio di tutte le persone e, con perfido, ma divertente sense of humour, lo sottolinea. Si alza dalla poltrona quasi subito per ritirarsi a dormire e, poco dopo, tutti se ne vanno.

Il pranzo dai nonni è un diversivo che amiamo; l'atmosfera è meno "chic" e le governanti non sono invitate.

1933. Ho undici anni, Mussolini viene a Torino. Ci sarà un'enorme adunata di tutti gli studenti in divisa fascista, un saggio ginnico allo stadio, e dopo, una sfilata, inquadrati militarmente, attraverso il centro della città. Io sono felice. Adoro cantare; canto a squarciagola gli inni fascisti finché l'insegnante mi prega di aprire la bocca e fingere di cantare, in silenzio, perché sono talmente stonata che anche in mezzo a quelle migliaia di voci si sente la mia. I giorni di "adunata" sono gli unici in cui ci sia permesso camminare da soli per la città, prendere il tram, ciondolare con i compagni di scuola, mangiare bomboloni bisunti e arrivare a casa a qualsiasi ora. Non è possibile che Miss Parker venga a prenderci perché nessuno sa quando e dove finirà l'adunata.

È così che conosco la libertà.

Anche mio padre è in uniforme fascista. Si guarda allo specchio, nella sua giacca di orbace, e scoppia a ridere. Per giornate intere ci descriverà le signore di Torino con i loro ridicoli baschi e le loro assurde uniformi nere in deliquio all'idea di trovarsi sullo stesso balcone col Duce. Mio padre ha ereditato da sua madre un gran senso del ridicolo. Mio nonno scuote la testa a proposito di tutte queste sciocchezze.

Io sono una "piccola italiana" molto brava. Vengo

decorata con una "croce al merito" su un palco imbandierato al centro di piazza Statuto. Il federale di Torino mi appunta sulla camicetta una medaglia bianca e celeste. Ancora oggi non so perché. Vagamente ne vado fiera. I miei amici, affacciati alle finestre che danno sulla piazza, mi dicono che si vedeva solo una piramide di capelli biondi con, in cima, un baschetto nero.

Non ricordo mia madre in uniforme fascista. Quando è nato il suo settimo figlio il "partito" le ha offerto una tessera con cui può circolare gratis su tutti i tram; mia madre ne è raggiante anche se mai ha preso un tram e mai lo prenderà. L'idea della tessera la affascina e la porta orgogliosamente nella borsa.

Allora penso al fascismo come qualcosa di inevitabile e comico di cui di rado sentiamo parlare.

Ci sono speciali negozi dove si comperano le uniformi; frange lucide, cordoni colorati, gradi da cucire sulle maniche, piccoli distintivi che indicano a quale corpo dei "balilla" o delle "piccole italiane" uno appartenga.

« Just fancy » dice Miss Parker « all the poor people who have to spend their money on this nonsense. Tch, tch » dice, muove la testa da una parte all'altra in segno di disapprovazione; come si può far spendere alla povera gente, per certe sciocchezze?

D'estate andavamo a Forte dei Marmi. La casa aveva un giardino; sul davanti c'era una pineta che finiva sulla spiaggia; al centro della pineta un viale con la ghiaia. Si apriva il cancello di legno verde e là, davanti alle piatte dune di sabbia coperte dal prunaio grigio azzurro, era il mare. Un mare dolce, tranquillo, argenteo con onde calme striate di schiume bianche che si disperdevano, morendo sulla spiaggia chiara e morbida. Sulla frangia dell'acqua correvano piccoli granchi. Vicino alla riva un pescatore setacciava la sabbia, trainando uno strumento formato da tre pali di legno e una rete. Sul fondo rimanevano piccole arselle dal guscio multicolore che il pescatore versava in un sacco tenuto a tracolla. Le arselle gettate nell'acqua bollente, poi aperte e pulite diventavano la miglior salsa per gli spaghetti. In cucina vedevano con disperazione l'arrivo dell'arsellaro che significava ore di lavoro per preparare una tazza di sugo.

Quando c'era papà ci faceva svegliare al mattino presto per portarci con lui a passeggiare sulla spiaggia. Ci fermavamo a guardare i pescatori che tiravano a riva le reti. Si mettevano su due file e tiravano le cime gridando « Oh, issa » mentre, insieme, tendevano le spalle e la schiena all'indietro allontanandosi, lentamente, con passi cadenzati, dal mare. Arrotolavano la cima e tornavano uno alla volta all'inizio della riga per ricominciare a tirare. Finalmente appariva la rete. Prima di vederla la si sentiva respirare e ribollire, piena del suo carico di pesci: meduse, aguglie magre dal lungo becco sottile, sogliole piatte, rossi scorfani, seppie che spandevano intorno il nero inchiostro, qualche volta una stella marina. Ero incantata dalla luce, dall'odore, dalla bellezza. Mio padre chiedeva a un pescatore di portarci a casa i pesciolini piccoli, da mangiare, fritti, per il breakfast. Naturalmente Miss Parker disapprovava; ci avrebbe guastato l'appetito per la colazione.

Sulla spiaggia c'erano due grandi tende; una per i grandi e una per i bambini. Miss Parker ci faceva sdraiare al sole, dieci minuti sulla pancia, dieci minuti sulla schiena; non di più. In qualche strano modo doveva fare dei calcoli sbagliati perché ogni anno ci prendevamo una scottatura; per lo meno io mi scottavo sempre. La pelle di Gianni diventava scura il momento che si esponeva al sole; Clara aveva comunque una pelle difficile e Maria Sole e Cristiana sottostavano agli ordini di una seconda governante. Alla sera avevo male alle spalle e appena Miss Parker andava a dormire Vigiassa veniva a spalmarmi di bianco d'uovo sbattuto.

Costruivamo castelli di sabbia, vulcani e enormi piste per le corse delle biglie di vetro, sospinte dal colpo d'unghia dell'indice destro.

Quando Miss Parker si distraeva costruivamo anche i "trabocchetti" coprendo una buca con un giornale che poi nascondevamo con la sabbia. Speravamo che qualcuno ci cadesse, ma non succedeva mai.

Se venivano molti amici facevamo una gara di castelli di sabbia. I capi-squadra erano due fratelli, Emilio e Puccio Pucci. Erano i più grandi. Puccio era basso di statura, aveva capelli neri e fisionomia mediterranea; piaceva a tutti. Emilio era alto, magro come uno scheletro, con una lunga, malinconica faccia equina. Nessuno voleva stare nella sua squadra. Miss Parker mormorava « Now, Suni, be a good girl and ask to be on Emilio's team ». Accettavo di entrare nella squadra di Emilio e il castello di Puccio era sempre il più bello.

Alle undici e mezzo Miss Parker diceva « You can go in, now » e ci precipitavamo in mare. Accompagnati dal bagnino, avanzavamo a guado lungo i primi metri. Poi ci lasciavano nuotare; quando il mare era grosso prendevamo le "girellate" appoggiati alle assi di legno, scivolando sull'acqua, sospinti dalle onde.

A mezzogiorno meno dieci Miss Parker sventolava un fazzoletto e il bagnino gridava « Fuori, fuori, è ora! ». Se facevamo finta di non vedere o sentire, o se tardavamo di cinque minuti, il giorno dopo non ci era permesso di fare il bagno.

IX

I nostri cugini erano orfani. La madre, unica figlia dei nonni, era morta di parto alla nascita del quinto figlio, Emanuele. Della sua morte ricordo soltanto una grande confusione in casa e una folla di gente che entrava e usciva da tutte le camere. Sentivo dire che mia nonna era disfatta. Credo che da allora cominciasse a trascorrere la vita senza alzarsi quasi mai dal letto. Le cattive notizie le venivano nascoste. Una volta che a una mia cugina dovettero togliere l'appendice, alla nonna fu detto che era partita per Roma per un viaggetto. Dalla clinica chiamavano al telefono e l'infermiera faceva la centralinista dell'intercomunale. Io sono certa che mia nonna sapeva benissimo tutto quello che succedeva, ma fingere d'ignorarlo le rendeva le cose più facili. Credo che fosse molto egoista. Mio padre andava a trovarla ogni giorno della sua vita. Lei non amava mia madre.

Dopo la morte di mia zia, suo marito è stato completamente estromesso dalla famiglia. Dal tribunale mio nonno ottenne la patria potestà sui nipoti. Al padre fu destinato un appartamento nella casa dove abitavano i figli, ma separato da loro. Poteva vederli una volta ogni quindici giorni. Quando cessò di vivere mi sembra che non furono in molti a piangerlo. Ancora una volta ci

siamo vestiti di nero e abbiamo seguito il carro e i fiori. Ecco tutto.

Mia cugina Berta aveva esattamente l'età mia. Eravamo grandi amiche. Era strabica e doveva andare dall'oculista. I suoi occhi erano di un verde molto chiaro; portava gli occhiali: aveva i capelli biondi e lisci. Mio nonno diceva "ca l'era brụta". Quando qualcosa la emozionava diventava molto nervosa: se, per esempio, era invitata a una festa, o doveva partire per un viaggio, le veniva il mal di testa e vomitava. Così la mettevano a letto e, in conclusione, non faceva mai niente. Aveva una passione per mia madre che chiamava "mammà". I miei nonni, che erano i suoi tutori, preferivano, invece, tenerla lontana da casa nostra. Berta aveva una signorina, Mademoiselle Berthalot, che veniva da Torre Pellice: un'allegrona che parlava francese in un atroce "patois" delle valli. La chiamavano Tolò. Quando eravamo insieme, Berta e io, venivamo continuamente sgridate perché non smettevamo mai di chiacchierare sottovoce e ridere fra di noi. Dicevano che parlavamo solo di sciocchezze. Berta non andava a scuola, per via degli occhi.

Mio nonno aveva fatto fare una cappella, in cima alla collina dove stava il cimitero di Villar Perosa. A Villar Perosa erano, in alto, la villa di famiglia dove i nonni venivano a passare l'estate e, vicino alla strada, in fondo alla valle, la fabbrica di cuscinetti a sfere che mio nonno aveva fatto costruire. La madre di Berta era sepolta dietro il marmo chiaro, sotto le nicchie preparate per il nonno e la nonna con il loro nome già inciso nella pietra.

Un pomeriggio ci hanno portato alla cappella. Berta si è inginocchiata sulla pietra fredda e, d'un tratto, ho visto una lacrima cadere e spiaccicarsi sul pavimento di marmo. Ero meravigliata. Non mi avevano insegnato a buttarle le braccia al collo e stringerla, così ho continuato a starmene in ginocchio. Non sapevo che cosa fare e mi sentivo terribilmente infelice.

Non sapevo dove era sepolto il padre di Berta.

X

Durante le vacanze di Natale ci portavano a sciare. Prima andavamo a St. Moritz: poi mio nonno decise di costruire una stazione sciistica con alberghi e funivie nelle Alpi vicino a Torino. Mentre erano in costruzione le Torri di Sestrière e la funivia dell'Alpette, abitavamo all'albergo Possetto, che, da anni, triste e squallido, stava sul passo. Ci facevano salire con le pelli di foca sotto gli sci. Mi stancavo da morire e detestavo queste salite. Mio padre diceva che mi stancavo perché usavo tutto il fiato che avevo chiacchierando con Berta. Avevo freddo: mi si gelavano i piedi, le mani, le orecchie. Un giorno, alla fine di una gita che mi sembrava eterna, mi sono seduta sulla neve e mi sono messa a piangere. Mi hanno riportato in albergo con la febbre a quaranta e, il giorno dopo, a Torino mi è scoppiato il morbillo. Ero avvilita e depressa. Anni dopo ero contenta di saper sciare bene, ma, Dio, che fatica!

Anche a Clara è venuto il morbillo e, dopo, in convalescenza, ci hanno mandato a Rapallo con un'infermiera ingaggiata per l'occasione. Ci permetteva di comprare le paste nei negozi e al mattino ci sbatteva un rosso d'uovo con lo zucchero e poi riempivamo la tazza con caffè e latte. Me la ricordo come una vacanza bellissima. Sulla riviera la stagione era più avanzata, l'aria era dolce e piena di profumi: di fiori, di mare, di fritto di pesce.

Il ritorno alla nebbia di Torino era un incubo.

L'altra nostra nonna è Princess Jane. È americana, alta, si tiene molto dritta. I suoi capelli sono bianchissimi e belli. Quando è inverno porta un velo nero o grigio che parte da due mezzelune unite in una punta al centro della testa. D'estate porta il vestito bianco, lungo fino a terra. Le calze e le scarpe bianche e un parasole, bianco anche quello. Ha una cameriera, Rosa. Tra Rosa e la nonna succedono scenate terribili, gridano e si insultano, una parlando americano e l'altra rispondendo in romanesco. Mio padre prende in giro Princess Jane che, come tutti gli americani — dice papà — non smette mai di parlare di soldi e di litigare per i soldi.

Princess Jane adora la gente, le feste, i pettegolezzi, gli strani intrighi della vita. Dice cose tremende che fanno impallidire le persone timide, ma se decide di concedere la sua protezione a un giovane o a una ragazza, automaticamente la loro vita diventa una vita di divertimenti. Dicono che bevesse moltissimo dopo la morte di suo marito e che abbia smesso perché glielo ha domandato Axel Munthe, di cui si era perdutamente innamorata. Da quel giorno beve solamente acqua.

Per Pasqua ci portano a Roma e Princess Jane dà una

festa a cui invita tutti i bambini per bene della capitale. Sono quasi tutti principi o principesse.

« Come puoi, Virginia, vestire le tue figlie così male? », ci guarda inorridita Princess Jane, « sembrano le figlie del droghiere vestite di velluto verde. »

« Smettila, mamah! » mia madre è furente.

Per noi la festa è una battaglia disperata per sopraffare l'orrore di sembrare le figlie del droghiere.

I bambini romani non ci rivolgono, comunque, la parola. Parlano l'italiano con accento inglese e non capiscono come si possa vivere a Torino. Vivono in palazzi stupendi con giardini sulle terrazze e in questi giardini sono nascoste le uova di Pasqua. Non vanno a scuola, vanno a fare i picnic alla Villa Doria. Le ragazze vengono chiamate donna Topazia, o donna Babù, o donna Francesca. A noi ci chiamano per nome.

Quest'anno hanno deciso di mandare Clara a fare un viaggio in Austria accompagnata da una "Gräfin" locale. Gianni deve dare tutti gli esami a ottobre perché è stato rimandato in condotta. Non succede quasi mai che uno sia rimandato in condotta: è un provvedimento che il preside può prendere come punizione. Vuol dire non fare vacanza o quasi, per tutta l'estate. Ma Gianni butta le cartelle dei compagni sui camion che passano, in modo che le devono inseguire per mezza città; ride di tutti; è insolente con i professori davanti alla porta del ginnasio. Insomma, ha bisogno di una lezione. Quando la notizia arriva a casa nessuno ha il coraggio di dirlo a papà. Alla sera mi fanno pranzare a letto perché sono troppo magra e mi sanguina il naso: sono lì, sdraiata col vassoio sulle ginocchia quando papà viene a salutarmi. Gli dico che Gianni è stato rimandato in condotta. È allibito: non ci può credere. Se ne va di corsa a cercare Gianni. Rimango sola, terrorizzata, nel mio letto. Già ho gli occhi gonfi per tutto quello che ho pianto stamattina a scuola. « Perché piangi, » dicono le altre ragazze « sgrideranno tuo fratello, mica te. »

Non capiscono che questo vuol dire che passerò le vacanze senza di lui. Siamo amici, siamo così vicini d'età.

Quando usciamo in barca insieme, i marinai degli yachts che vengono a Forte dei Marmi ci chiedono di portarli a riva, poi ci danno la mancia e rimangono interdetti quando ci vedono tornare tutti vestiti eleganti insieme ai nostri genitori che vanno in visita dai loro "signori". O andiamo insieme in bicicletta fino in paese a mangiare il gelato da Glacia. I gelatai ci lasciano tenere la lunga paletta di legno con cui lavorano il gelato che gira nel recipiente rotondo della macchina.

Lo aiuto a spingere la sua automobilina su per la salita di Villar Perosa, poi mi siedo sulla coda mentre scendiamo a velocità vertiginosa, lui al volante. Non abbiamo molto bisogno di parlarci. Ci capiamo.

Adesso siamo a Forte dei Marmi, ma è già deciso che da domani, 15 luglio, Gianni sarà a Villar Perosa con un precettore e un'infinità di insegnanti che verranno a dargli lezione tutto il giorno.

Mio padre è a Forte per il week-end. C'è anche Princess Jane. Mia madre è in Francia a fare una cura. È domenica. Mio padre viene con noi a messa, andiamo a piedi: la messa si dice all'aperto nel giardino della pensione Pergola sotto agli alberi.

Mentre torniamo a casa vola sopra di noi un aeroplano. Scende in mare davanti al tratto di spiaggia dove ci sono le nostre tende. Un pattino si avvicina all'aereo e torna a riva con Ferrarin che dal seggiolino saluta allegramente con la mano. Mi fa fare un giro in aeroplano; poi uno a Gianni. È la prima volta che voliamo.

Poi siamo tutti seduti a tavola insieme. Papà è di buon umore: stanno parlando di aeroplani. « Su un aereo Fiat e Ferrarin pilota, sono pronto a volare da qualsiasi parte » ride.

Gianni parte in treno con il cameriere, papà volerà fino a Genova e di lì lo raggiungerà col treno a Torino.

È ancora chiaro fuori, dopo pranzo, e Miss Parker ha permesso che qualche ragazza dalle ville vicine venga a giocare in giardino. Stranamente, sono allegra, quasi felice. Porto un vestito con dei papaveri rossi stampati sulla stoffa. Corriamo sotto i pini, facciamo il girotondo ballando sui pinugli e la ghiaia.

Suona il telefono. Princess Jane odia il telefono: qualcuno mi chiama perché io la aiuti. È in piedi nell'angolo della stanza con il ricevitore all'orecchio. Non capisce quello che le stanno dicendo. Poi la vedo spalancare gli occhi e ondeggiare, poi appoggiarsi all'indietro contro il muro. Mi guarda e mormora: « Suni, tuo padre è morto ».

Ricordo di aver preso un treno con Princess Jane, le mie sorelle minori, le governanti, le cameriere. Ricordo gente che saliva sul treno ad ogni stazione. Tutti piangevano, dicevano: « Perché, perché? ».

« Non è possibile, era così giovane. » Per me a tredici anni mio padre che ne aveva quarantatré sembrava molto vecchio.

« Tutti quei bambini. »

« Povero Senatore. »

Princess Jane, ammutolita, sospirava di quando in quando: « Virginia, Virginia ».

L'incidente era stato così stupido. L'aereo aveva già ammarato e stava dirigendosi verso la banchina del porto di Genova quando ha colpito un tronco che stava galleggiando e si è rovesciato. Mio padre che stava alzandosi in piedi per uscire dall'aereo era stato colpito alla nuca dall'elica che si trovava dietro alla cabina. Era morto istantaneamente. Ferrarin, che si trovava ancora seduto, era incolume, senza un graffio. Era in stato di choc; credo che non si sia mai ristabilito completamente; un senso di rimorso lo tormentava. Mio nonno, informato che suo figlio aveva avuto un incidente, aveva preso la macchina ed era andato a Genova all'ospedale. All'entrata aveva chiesto del ferito Agnelli e gli avevano risposto: « Si accomodi pure alla camera mortuaria ». Era entrato, si era fermato solo, in piedi. Per dieci minuti aveva guardato suo figlio, il cadavere del suo unico figlio. Non aveva detto una parola, era risalito in macchina ed era tornato a Torino.

Alla stazione di Torino c'era altra gente che ci aspettava. Il portone di casa era semichiuso e coperto di drappi neri, come si usava a quel tempo in segno di lutto. La casa era un fiume di gente che saliva e scendeva per lo scalone, entrava e usciva da tutte le porte. Nel salone rosso, accanto alla sala da pranzo, mio padre era disteso nella bara, con una benda intorno alla testa. Ai lati della bara c'erano le suore che pregavano, mazzi di fiori, caldo e gente. Gianni era seduto solo in una stanza, il pavimento coperto da giornali. Poi hanno cominciato ad arrivare gli amici, tutti ti baciavano, ti stringevano, piangevano.

Mia madre era sdraiata sul suo letto. Si capiva che tutte quelle persone la disturbavano. Era completamente persa. Mi faceva pensare a un animale ammalato dentro una gabbia.

Il giorno dopo c'è stato il funerale. La mattina hanno detto la messa, in casa. Allora, se non si aveva uno speciale permesso del cardinale, si poteva dire messa in casa privata solamente se era presente un membro di Casa Reale. È venuto il duca d'Aosta, altissimo, straordinariamente bello e molto triste.

Poi è venuto anche il principe di Piemonte che era il padrino del mio fratellino di otto mesi, Umberto, a cui era stato dato il nome del principe. Noi eravamo lì, tutti vestiti di nero, in piedi, tutto il tempo.

Arrivavano zie e parenti, vecchie donne, uomini di ogni ceto, amici da città lontane; tristi, increduli, curiosi, disperati. Dovevano voler bene a mio padre.

Per prima cosa hanno portato la bara nella chiesa dei Santi Angeli, all'angolo di casa nostra, ma c'era così tanta gente che hanno dovuto risalire il corso Oporto da una parte e riscenderlo dall'altra perché tutti potessero seguire in processione.

Camminavamo dietro il carro, tirato dai cavalli, Clara, Gianni, io, Maria Sole e Cristiana, tutti su una fila. Giorgio aveva solo cinque anni e l'avevano lasciato a casa con Umberto. Si moriva di caldo. Sudavo nel vestito di seta nera con le maniche lunghe. Il profumo delle gardenie che guardavo ondulare, nella corona, sul carro, era incollato nell'aria scottante. « Pör cït » dicevano le signore torinesi in dialetto, mentre camminavamo lentamente davanti alla folla che tappezzava il corso.

Dopo la benedizione in chiesa ci siamo seduti in automobile con mammà, che non aveva seguito il feretro, e siamo partiti per Villar Perosa dove papà sarebbe stato sepolto. Mia madre portava un velo nero che le incorniciava la faccia. Mi teneva sulle ginocchia e mi stringeva il braccio, di tanto in tanto, così forte che quasi mi mettevo a gridare.

A Villar il nonno aspettava in giardino. È venuto incontro a mia madre che teneva intorno a sé i suoi figli. Si è fermato in silenzio, le lacrime gli scendevano sulle guance. « Non devi, Senatore, non devi! » ha gridato mia madre con una voce disperata. Lui ha scosso la testa e si è allontanato. Mia nonna non si è vista. Hanno impedito al parroco di suonare le campane perché non le sentisse suonare a morto per suo figlio.

Hanno messo mio padre in un'altra di quelle nicchie di marmo grigio. Il suo nome non era ancora inciso sulla pietra.

Siamo tornati, grazie al cielo, a Forte dei Marmi. Eravamo vestiti di bianco, gli shorts, le magliette, i sandali, tutto bianco. Purché non si mescolasse il bianco con il nero, andava bene; altrimenti faceva "mezzo lutto". I costumi da bagno, li portavamo neri.

Princess Jane è tornata al Forte con noi. Era preoccupata e di cattivo umore. Stava seduta da sola sotto la tenda dei grandi; si annoiava a morte, sola, con il suo parasole. Miss Parker si è avvicinata. « Would you like me, Princess Jane, » cercava di essere gentile, offrendo di prenderle una fotografia con i nipotini « to take a snapshot of you with the children? »

La nonna ha preso il parasole, e, furiosa, lo ha affondato nella sabbia. « Non c'è niente al mondo » ha dichiarato « che potrei odiare di più. »

Miss Parker si è ritirata, umile e mite sotto la tenda dei bambini.

Tutte le mattine un uomo camminava lungo la spiaggia. Dicevano che era uno scrittore che viveva a Forte dei Marmi "al confino". Doveva presentarsi tutti i giorni alla polizia e non poteva andare via. Aveva, al guinzaglio, uno strano cane bianco, magro, esile, simile a una pecora, che veniva dall'Isola di Lipari dove tenevano gli uomini politicamente indesiderabili.

Princess Jane ha detto al bagnino di andare a dire a quell'uomo che voleva parlargli. Si sentiva sola e non l'attraeva affatto l'idea di parlare delle gioie o dei problemi borghesi dei signori che avevano le ville vicino alla nostra. Avevano molti bambini e poca immaginazione.

Così l'uomo si è avvicinato, camminando sulla sabbia asciutta, che sotto il sole diventava bollente; stringeva gli occhi per ripararsi dalla luce.

« Aren't you Malaparte? Vieni qui » gli ha detto Princess Jane. « Voglio che tu mi parli. You are very good looking. »

Lo era, bello, in una strana maniera esotica. Aveva i capelli neri, liscissimi, lucidi come velluto, tirati all'indietro su una testa molto rotonda. Le ciglia, che erano una cornice spessa intorno agli occhi scuri e brillanti, facevano parte del suo sguardo. Quando sorrideva le sue labbra si incurvavano e scomparivano; i suoi denti erano bianchi e animaleschi, dalla testa ai piedi era coperto di un olio luccicante; aveva le ascelle rasate. Si è messo a ridere, un riso triste e crudele. Si è seduto al sole e ha incominciato a intrattenere Princess Jane che stava seduta all'ombra. Era un narratore affascinante.

Poi è tornata mia madre. Era bella, fragile, aveva trentacinque anni: era la madre, praticamente squattrinata, di sette figli che avrebbero un giorno ereditato un'immensa fortuna.

Amava la vita e l'allegria, era del tutto ineducata, scriveva l'italiano con incredibili errori di ortografia, era follemente generosa sia con gli amici che con gli estranei. Sempre, e fondamentalmente, era una ragazza. Pensavo a

45

lei come se fosse mia figlia. Volevo proteggerla, volevo che fosse felice. Quando partiva vivevo nel terrore agghiacciante, che, anche lei, potesse morire.

Adorava il mare. Per ore facevamo il bagno, mattina e pomeriggio tra le onde dimenticando le regole di Miss Parker. Facevamo passeggiate lunghissime sulla spiaggia umida vicino al mare, oltre il molo del Forte verso i Ronchi: raccogliendo conchiglie, guardando i granchi e le pulci marine che saltavano su e giù in una danza frenetica. Facevamo colazione al mare, sotto la tenda, e ce ne stavamo sdraiati, all'ombra, o al sole, dove ci pareva.

Di mia madre io amavo tutto. I suoi umidi capelli castano-rossicci che asciugavano al sole; le efelidi che apparivano sulla sua pelle quando stava all'aria aperta, il suo odore, come una scodella di latte.

Malaparte tornava a intrattenere Princess Jane, sulla spiaggia. Guardava mia madre con intensità. Si sedeva e parlava di sé, della guerra, della sua fuga, a quindici anni, dal Liceo Cicognini: delle decine di duelli in cui si era battuto; dei suoi incontri con Mussolini; della prigione; dell'isola di Lipari. Quando parlava, le cose che raccontava diventavano storie meravigliose. Lo avrei ascoltato per sempre e lui non avrebbe mai smesso di parlare.

Malaparte viveva in una casa di pietra, protetta verso la strada da una spessa siepe di oleandri, verde e umida. Da una terrazzina con gli archi, al primo piano si vedevano la spiaggia e il mare. Malaparte ci raccontava di un curioso ragazzo che era venuto a stare con lui. Ce lo descriveva disordinato e zoppicante, e mimava la sua maniera di scrivere sdraiato nel letto. Ci descriveva le collere di Maria, la guardiana che perdeva la testa dalla rabbia alle macchie d'inchiostro di cui si riempivano le lenzuola. Il ragazzo, timido e aggressivo, si chiamava Moravia.

Qualche volta mammà ci portava a casa di Malaparte. Ci sedevamo nella stanza quasi vuota e Malaparte ci dava da bere la Malvasia di Lipari, dolce e dorata. Poi ci raccontava. Seduti per terra ascoltavamo incantati, finché metteva la sua mano sulla testa di mia madre, le tirava i capelli e la canzonava. Allora prendevamo le biciclette e tornavamo a casa. Io ero un po' ubriaca e molto felice, pensando a mia madre che era rimasta con lui.

A volte andavamo a Viareggio a pranzare al Buonamico, dove ci davano pesciolini fritti, peperoni, e piatti complicati e indigesti che avrebbero ridotto Miss Parker alla disperazione. A tavola servivano tre ragazze che erano sorelle, la madre stava in cucina. Chiacchieravano tutto il tempo con i clienti, consigliandogli questo o quel

piatto: portavano da assaggiare una cucchiaiata di caciuc-
co o un biscottino fatto con l'anice. Faceva caldo, ci si
sentiva fra amici: era un'intimità da paese di mare.

Di pomeriggio andavamo in bicicletta al Cinquale dove
Dazzi, lo scultore, aveva casa e studio. Ci lasciava giocare con la creta che stava lavorando e con le enormi lastre
di marmo che avrebbe scolpito. Posavamo tutti per lui
come modelli per due porte di bronzo che sarebbero state
portate a Sestrière per chiudere la cappella di Sant'Edoar-
do che mio nonno aveva fatto costruire in memoria di
mio padre.

Era una casa stravagante e inaspettata. Dazzi gridava;
la sua compagna, dai capelli grigi, faceva il castagnaccio
con le noci; la gente entrava e usciva: modelle o amici,
lavoratori del marmo, visitatori, artisti, ospiti.

Poi è arrivato il momento di tornare a Torino e a
scuola.

XVI

Quando vado a Torino, adesso, quando guardo le colline al di là del Po coperte dal verde tenero degli alberi; quando attraverso piazza san Carlo e ne vedo le proporzioni, l'eleganza degli archi, dei suoi portici, penso: "Sì, è vero, Torino è una bella città, come dicono". Ma allora ne vedevo solamente il grigio squallore. Allora il mio mondo era racchiuso fra le poche strade che percorrevamo per andare a scuola o per fare le passeggiate al pomeriggio. Allora piazza Statuto era dove si vendevano i migliori "tomini" di Torino e piazza Carignano era vicino al libraio che mandava i libri a mio padre. Non mi è mai venuto in mente che piazza Statuto e piazza Carignano potessero essere belle; erano semplicemente piazze. Solo adesso scopro che ci sono fiori sugli alberi da frutta, e ciliege: che ci sono incantevoli strade incassate tra muri e giardini misteriosi, che portano ripide e sinuose alla collina da dove si vedono le Alpi. Adesso mi attraggono le strade, le vecchie case, i cortili.

Al D'Azeglio era cambiato l'insegnante. Quest'anno avevamo un professore sporco, volgare, senza alcun interesse per la sua classe. Si metteva le dita nel naso, e, all'intervallo, diceva « Chi vuole andare al cesso esca per dieci minuti ». Ero scandalizzata. Lo odiavo quanto lui detestava me. I miei voti erano un disastro.

Mio nonno aveva fatto costruire una sala di proiezione nel sottosuolo della nostra casa perché, visto che eravamo in lutto, non potevamo andare al cinema. Così avremmo potuto vedere i film di cui lui era appassionato.

Al fondo del corridoio dei bambini c'era anche una palestra dove, ogni sera, finiti i compiti, veniva un insegnante di ginnastica a farci fare gli esercizi. Dopo giocavamo a pallacanestro. Si univano a noi alcuni amici, maschi e femmine. Era l'unica ora del giorno a cui pensavo con piacere. Dopo la ginnastica ci sedevamo a chiacchierare con i ragazzi mentre si cambiavano le scarpe per tornare a casa. Ne nasceva un barlume di amicizia. Se uno di loro non appariva o era ammalato, chiamavamo al telefono per chiedere sue notizie. Qualche volta, a Sestrière ci incontravamo e facevamo insieme qualche discesa in sci, ma non facevamo parte del loro gruppo.

Berta viveva, ora, con sua sorella Laura, sposata con un simpatico ragazzo, bello, mite, con i riccioli bruni. Ogni anno facevano un figlio, Laura era sempre a lavorare a maglia, a parlare di schwester, di sugo di carote, di aria aperta per i bambini. Suo marito Giancarlo lavorava alla Fiat. Era il solo uomo rimasto in famiglia che potesse lavorare con mio nonno. Mio cugino Giovanni e mio fratello Gianni andavano ancora a scuola.

Giancarlo e Laura vivevano con i nostri cugini, fratelli e sorelle minori di Laura, in una casa del Settecento con un cortile e un giardino. Una scalinata bianca s'incurvava per dare nell'entrata rotonda da cui si aprivano i saloni. Da una parte guardavano sul giardino, dall'altra attraversando gallerie e salottini si arrivava alla camera da pranzo che era allegra e vivace. Tra gli stucchi decorati erano specchi e piatti Compagnie des Indes, multicolori.

Una volta ogni quindici giorni andavamo a casa loro a fare da mangiare. Poi ci permettevano di invitare Giovanni, Gianni e Lodovico, il nostro unico vero amico d'infanzia, a consumare con noi il pasto preparato. La nostra insegnante era adorabile; insegnava "economia domestica" in una scuola femminile. La sua sola preoccupazione era quella di non spendere. I pasti che preparavamo erano economicissimi e immangiabili. Il suo piatto preferito era una mousse di tonno con qualche foglia di insalata, il tutto ricoperto da piccoli bruchi di maionese in confezione. Ci insegnava a tenere un quaderno in cui si annotava la spesa del pasto a cui veniva aggiunto, tramite un sistema estremamente complicato, il costo dell'acqua, dell'elettricità e del gas utilizzati. Quando l'insegnante se ne andava, gettavamo tutto nel secchio dell'immondizia e mangiavamo i "sandwiches" che i ragazzi si erano portati nelle tasche. Bevevamo del vino rosso e chiacchieravamo. Giovanni ci raccontava del grande amore che aveva per una signora; Gianni era scettico; Lodovico ci faceva ridere con le sue battute spiritose.

Qualche mese dopo Giovanni era seduto con noi nella cucinetta; era molto triste. Ci ha detto che la domenica passata, mentre sciava in neve fresca lungo un pendio vuoto, tra gli alberi, si era reso conto che da dieci minuti non pensava al suo amore. Voleva dire che non era più tanto innamorato, che qualcosa stava incominciando a cambiare. Mentre parlava, giocherellava, senza ragione, con un coltello. Gli è scivolato e gli ha fatto, sulla mano, un taglio profondo. Il sangue colava sul tavolo, sul pavimento. Giovanni guardava il sangue che gli copriva la mano, che scorreva, uscendo dalle sue vene. Stava seduto, immobile, a guardarlo e non ha detto niente finché non abbiamo preso una benda e l'abbiamo fasciato.

XVII

Un pomeriggio è successa una cosa strana, e quando è
successa abbiamo scoperto che stavamo tutti facendo
finta di non aver paura del temporale. Adesso le nuvole
scoppiavano.

Un ufficiale giudiziario era alla porta e insisteva per
consegnare personalmente a mia madre il foglio che
aveva con sé. Mia madre ha rifiutato di riceverlo. Pasquale, il maggiordomo, continuava a ripetere che donna Virginia non era in casa. L'ufficiale ripeteva che lui, invece,
sapeva che donna Virginia "era presente". Finalmente
Pasquale ha ritirato il foglio, firmando con il suo nome, e
assicurando che avrebbe personalmente consegnato il foglio a donna Virginia non appena fosse possibile. L'ufficiale giudiziario se n'è andato e Pasquale ha portato il
foglio a mia madre. Era un ordine del giudice che imponeva a mia madre di lasciare immediatamente la casa.
Le sarebbe stato concesso di vedere i suoi figli, fuori di
casa, per quarantott'ore ogni quindici giorni. La "patria
potestà" sui suoi figli era stata data al loro nonno, il
Senatore Agnelli.

L'indignazione di mia madre aumentava di minuto in
minuto. Ha fatto alcune telefonate ai suoi avvocati e ha
chiesto che le ottenessero un'udienza con Mussolini, poi

ci ha mandato tutti a metterci il paltò. Ci siamo affollati in due automobili e, a grande velocità, ci siamo diretti su Alessandria dove siamo saliti sul treno per Roma. Ci siamo seduti, tutti insieme, in uno scompartimento, sentendoci e comportandoci, già, come profughi. Mammà era nervosa e si vedeva che aveva paura; di tanto in tanto piangeva. Clara continuava a urtarmi il braccio, dicendo: « Fai qualche cosa. Lo sai che non rivedremo mai più mammà ».

Siamo arrivati alla stazione di Genova; abbiamo spento le luci e abbiamo chiuso le porte dello scompartimento. Non è successo niente. Poi il treno si è mosso lentamente, lasciando la stazione. Dopo qualche minuto il treno si è fermato nuovamente, questa volta in aperta campagna. Sono saliti degli uomini. Andavano avanti e indietro per le carrozze guardando dentro a tutti gli scompartimenti. Sono entrati nel nostro e hanno acceso la luce; uno degli uomini si è rivolto a mia madre.

« In quale qualità viaggia, lei, signora? »

« Che cosa intende per quale qualità? » mia madre tremava.

« Intendo, che tipo di famiglia è questa? »

« Una madre con i suoi sette figli. »

« Ho capito », e ha fatto cenno agli altri uomini che aveva trovato quello che cercavano. « Sarà meglio che scendiate dal treno. Lei capisce, signora, che date le circostanze, questi bambini in questo momento, sono stati rapiti. »

Poi si è voltato a noi: « Vi prego di non gridare e di non dare scandalo; peggiorerebbe soltanto la situazione di vostra madre ». E ci hanno fatto scendere dal treno, un poliziotto per parte, tenendoci stretti per i polsi.

Mia madre ha proseguito sola per Roma. Ero troppo colpita, troppo stanca, troppo addolorata per poter parlare. Ci hanno portato all'albergo e la mattina dopo, in macchina, siamo tornati a Torino.

XVIII

Miss Parker era quella di sempre, e si comportava come se niente fosse accaduto. Non prendeva le parti di nessuno, non giudicava nessuno. Faceva il suo dovere che era di educare i bambini che le erano stati affidati insegnandogli i "manners".

Ma le altre governanti (a quel momento in casa ce n'erano due o tre) erano rivoltanti. Non potevano parteggiare per nostra madre perché avevano paura di perdere il posto, dall'altra parte temevano, non facendolo, di alienarci per sempre. Così ci corteggiavano facendoci piccoli piaceri, insinuando mezze frasi per sentire quale sarebbe stata la nostra reazione, spiegandoci che il Senatore era un grand'uomo e che ci voleva molto bene.

Non ricordo che mio nonno sia venuto a trovarci. Credo che la nostra ostilità silenziosa lo abbia abbastanza sorpreso. Era stranamente colpito dal fatto che ci potesse essere un affetto vero fra noi e nostra madre.

Ci ha invitato a colazione da lui. Eravamo gelidi e cortesi. Sedeva, come sempre, a capotavola con un piatto da minestra, profondo, vuoto, davanti al suo posto. Alla sua destra c'era uno speciale strumento, il taglia-trifole, che, di solito, serve ad affettare i tartufi, e un vassoio colmo di verdura cruda intera: un pomodoro, un sedano, un finocchio, un carciofo. Lentamente affettava una verdura dopo l'altra nel piatto, aggiungeva il pepe e il sale, poi copriva di olio tutta l'insalata. Era il suo pasto. Ogni mattina, all'ora di colazione, si preparava la sua insalata e la mangiava lentamente. Intanto beveva un bicchiere di Punt e Mes che si versava da una bottiglia di cristallo sfaccettato e ascoltava le canzonette che trasmettevano alla radio.

Quel giorno affettava il pomodoro e il carciofo con estrema cura. I suoi occhi di un celeste pallido sorridevano. Noi eravamo sempre gelidi e cortesi. Dopo colazione ce ne siamo andati. Il nonno sarebbe andato in camera, si sarebbe sdraiato sul letto coprendosi con la giacca sopra la spalla alla maniera dei militari: un'abitudine che gli era rimasta da quando era stato ufficiale di cavalleria. Dopo un sonno di venti minuti sarebbe tornato alla Fiat.

Mia madre ha ingaggiato i migliori avvocati di Roma: non tutti erano pronti ad accettare. In quell'epoca battersi contro mio nonno non era, in Italia, una cosa facile. Era potente, duro, e abituato a fare quello che voleva lui.

Mussolini ha acconsentito a ricevere mia madre in udienza. Lei ha spiegato che le stavano facendo un sopruso. Era una vedova con sette figli, e non era possibile che Mussolini ammettesse che, in un paese governato da lui, una madre fosse privata dei suoi figli solamente perché aveva un amante.

Mussolini ha accettato il suo punto di vista. La natura battagliera di mia madre gli era simpatica e lo seduceva il ruolo di gigante buono che aiuta una donna sola a cui si vuole fare un torto. Credo che lo attraesse anche la possibilità di mettere mio nonno al suo posto. Ha detto a mio nonno che ritirasse la richiesta al giudice. Mia madre ha detto che non avrebbe più rivisto Malaparte.

Mammà è tornata a casa. Era triste. Faceva finta di non esserlo. Invitava gente a colazione e a pranzo; mangiavamo tutti ad una tavola insieme, ospiti, bambini, precettori, governanti, in una enorme, stravagante tavolata.

È venuta da noi Lotti, una ragazza la cui famiglia era stata molto amica dei nostri genitori. Scriveva le lettere di mia madre che l'aveva costretta ad imitare la sua calligrafia perché la gente non si offendesse. Faceva la segretaria, la governante di casa, l'amica, l'accompagnatrice e, quando mia madre lasciava Torino per qualche giorno, era responsabile della casa. Mammà sapeva di potersi fidare ciecamente di lei e che, da Lotti, avrebbe sempre saputo la verità.

Povera Lotti, ascoltava le confidenze di tutti, conosceva i segreti di tutta la casa: le cameriere, le governanti, noi, le raccontavamo i problemi e le tristezze da cui ognuno era afflitto. Toccava a lei dire a una governante di lavarsi più spesso i capelli e al precettore di parlare meno quando c'erano ospiti invitati a pranzo. Mia madre la torturava; la svegliava ad ore impensate della notte per parlarle di qualche inutile dettaglio, e, quando qualcosa non andava, le diceva sempre che era colpa sua.

Mia madre si innamorò di una casa a Roma. Era la sede dell'Accademia degli Arcadi fondata da Cristina di Svezia. Era retta da vecchi poeti e studiosi che si lasciarono convincere da mia madre ad affittarla per trent'anni. Era in pessimo stato e lei l'avrebbe restaurata. Mammà ce la descriveva. Aveva un giardino su piani diversi, folto di alberi e arbusti. Lo risaliva una scalinata doppia che si incurvava in salita per incontrarsi su terrazze sovrastanti: c'era una fontana, un pino enorme e un anfiteatro davanti alla facciata della casa su cui si arrampicava, quasi coprendola, una glicine vecchissima. All'interno c'era una camera rotonda come un battistero e un salone altissimo, simile a una chiesa, con il soffitto decorato di stucco. La scala ripida portava a una grande camera da letto con una terrazza, quella di mia madre; e ad una serie di altre stanze piccolissime. Mia madre vi aveva sistemato lettini sovrapposti. Le camere erano tutte su livelli differenti; per andare da una all'altra bisognava scendere o salire due o tre gradini. La vista era incredibile; Roma si stendeva ai tuoi piedi, dorata, calda, remota, meravigliosa.

« Dimmi ancora, mammà, » ero seduta sul fondo del suo letto appoggiata a una delle colonnine « dimmi ancora della casa, dei fiori, della luce, della tramontana che soffia le foglie nel blu del cielo. »

Odiava talmente Torino, mia madre. La criticavano perché camminava per la strada senza mettersi il cappello; perché diceva, con un sorriso angelico, parolacce terribili; perché rifiutava di ascoltare i pettegolezzi cattivi delle vecchie, brutte signore torinesi.

L'unico suo interesse era una scuola di infermiere all'Ospedale di San Vito sulla collina che guardava la città. L'aveva fondata lei, portava il nome di mio padre, e se ne occupava con passione. A Natale ci ha portato alla scuola per una cerimonia e ci hanno chiesto di andare a distribuire aranci e caramelle agli ammalati nelle corsie. Quando sono tornata a casa stavo male: l'odore di malattia mi rivoltava e non potevo sopportarlo.

Andavo a cavallo con mia cugina Berta. Galoppavamo per i campi, chiacchierando come sempre. Quando arrivavamo a un fosso o a una siepe, io gridavo « Fosso », o, « Siepe » e Berta abbassava le mani per permettere al suo cavallo di saltare. Senza gli occhiali non vedeva niente e non le permettevano di montare a cavallo con gli occhiali. Era eccezionalmente coraggiosa e ci divertivamo un mondo. Mi piacevano i prati pieni di papaveri, i boschi di pioppi dal tronco esile e chiaro, i ruscelli su cui si arrivava, all'improvviso, da un argine.

Poi, una mattina, è stata primavera. Mia madre non ne poteva più di Torino e ci ha portati tutti a Roma.

Nelle strade gli alberi erano fioriti e sulla terrazza la glicine scoppiava in mazzetti di pallido mauve. Al mattino, quando si apriva la finestra, i boccioli e le foglioline chiare si affollavano, come se volessero entrare in casa. Dormivamo quattro insieme nelle cuccette che riempivano la camera e questo era per me il massimo della delizia.

Andavamo a scuola dalle suore vicino a via Veneto. Era un edificio pulito, le classi erano dipinte in colori pastello; c'erano pochi alunni e gli insegnanti erano gentili e cordiali. Scherzavo con una compagna e mi venivano dei tali "fourires" che ci mandavano fuori in corridoio, finché non avevamo smesso di ridere.

Di pomeriggio andavamo a spasso sul Gianicolo che era appena sopra la nostra casa. La strada finiva in una scalinata con l'erba che cresceva fra le pietre. In cima c'era il fontanone con l'acqua che cascava attraverso i tre grandi archi e, a destra, il cancello che si apriva sul parco. I tramonti erano rossi. Tutta la città si infiammava. Era talmente bello che pensavo che il mio cuore avrebbe smesso di battere.

Mammà era felice. I suoi amici venivano a trovarla, e, entrando, la baciavano. Erano così diversi dai torinesi che ti baciavano soltanto quando qualcuno era morto. A tavola servivano le cameriere, con il grembiule e lo scialletto colorati. Gli ospiti le pizzicavano scherzosamente e loro facevano un piccolo grido stupito. Non potevo credere che la vita potesse essere così differente. Qui tutti avevano voglia di divertirsi. L'unica cosa che prendevano sul serio erano le loro storie d'amore.

Andare a scuola voleva dire incontrare gli amici e scherzare con loro tra una classe e l'altra. Finalmente ho capito che una lezione poteva essere una cosa interessante, che imparare poteva essere piacevole. Non mi si chiedeva di scrivere un saggio su qualche incomprensibile sonetto; mi leggevano ad alta voce le poesie che incominciavano ad affascinarmi. Se incontravi in corridoio una suora, ti sorrideva e ti chiedeva come ti trovavi in classe. Ero stupefatta.

Le strade sporche e affollate di Trastevere, il Tevere con i ponti alti sempre pieni di gente, le rovine, i palazzi, la parlata romana, le insolenti risate, anche le chiese, tutto mi faceva sentire viva. Prima, mi ero sentita viva solamente quando stavo sciando, o quando andavo a vela, o galoppando.

Piccoli uomini coi capelli neri e unti hanno invaso la casa. Hanno consegnato a mia madre un foglio. Questa volta, visto che la casa era sua, erano i suoi figli che sarebbero stati trasferiti a Torino e consegnati al loro nonno che ne era legalmente diventato il tutore.

Ci hanno fatto salire su quattro automobili piene di poliziotti. Ho cercato di saltare fuori ma era impossibile, erano in troppi, bastava che mi tenessero.

A Civitavecchia abbiamo preso il treno per Torino.

Clara ed io siamo state pregate di fare una visita alla nonna. Come al solito, stava sdraiata nel suo letto con aria scontenta e annoiata. Ha detto che voleva farci un regalo; un paltò di castoro. Freddamente abbiamo risposto che non avevamo bisogno di un paltò, « Grazie tanto, nonna ». Quasi subito ci ha detto che era stanca e ci siamo alzate per andare via. Lo scambio di conversazione non era stato brillante.

Dopo questa visita ho deciso di dare battaglia. Ho comperato una serie di coltelli che portavo intorno alla vita, agganciati alla cintura. Quando una delle odiose governanti traditrici mi rivolgeva la parola, aprivo uno dei coltelli e mi mettevo a giocare con la lama. Vedevo la paura nei loro occhi e mi ci divertivo.

Mi sono messa a gridare nel cortile di casa, così che i vicini dall'altra parte del muro sentissero bene che volevo che mia madre tornasse. Il nonno mi ha chiamato al telefono, « Susanna, » mi ha detto (tutti, sempre, mi chiamavano Suni) « se mi dicono che hai fatto un'altra scenata, ti mando in collegio. Hai capito? »

« Grazie, nonno » ho risposto e la nostra conversazione è finita lì.

Ma l'incubo vero erano le visite, a Torino, di mia madre, una volta ogni quindici giorni. Non le era permesso di venire a casa; così abitava in un orrendo vecchio albergo che stava davanti alla stazione. Parlava tutto il tempo di cause, di avvocati, di giudici, di sentenze. Noi stavamo seduti, assurdamente, nel salotto grigio.

Alcuni amici venivano a trovare mia madre per dimostrarle che le erano devoti; ma quasi tutti avevano paura. Uscivamo a fare due passi. In città si voltavano a guardarci; sulle colline era freddo e c'era la nebbia. Sembrava di stare in ospedale davanti alla camera di un paziente che ha subito un'operazione, e tutti stanno ad aspettare il verdetto del medico che non arriva mai.

Ho cominciato a desiderare che mia madre non venisse affatto. Sarebbe stato meno infernale.

Fra una visita di mammà e l'altra, la nostra vita era quella di sempre; eccetto che eravamo diventati insopportabili. Andavamo alla profumeria sotto i portici, dove, quando eravamo piccoli, ci regalavano i campioncini di dentifricio e saponette e lozioni che ci avevano riempito di gioia, e compravamo la più grande, più costosa bottiglia di profumo francese che era in vendita e poi la regalavamo alla nostra insegnante di economia domestica. Non avevamo soldi in tasca; mai ci erano stati dati soldi da maneggiare; ma entravamo nei negozi e facevamo mettere in conto. Le governanti non osavano discutere per la preoccupazione che, davanti a tutti, nei negozi, ci voltassimo dicendo delle villanate.

Clara stava seduta alla finestra di via Papacino con una rosa nei capelli e faceva gli occhi a un ragazzo che abitava di fronte. Gli gettava bigliettini sulla strada e finalmente è riuscita a far finta di uscire con una compagna di scuola e invece è uscita in macchina col ragazzo.

Io mi sono talmente agitata dalla paura che qualcuno la scoprisse che, alla sera, avevo la febbre.

Sputavamo dal balcone della biblioteca sui passanti che percorrevano il marciapiedi. Guglielmo, il portiere, veniva coperto da insulti sanguinosi di signori serissimi che, mentre si dirigevano in ufficio, si erano ritrovati con un enorme sputo che gli scendeva lungo il risvolto della loro giacca. Guglielmo chiedeva scusa; giurava che non potevamo essere stati noi e poi veniva disperato e supplichevole a dirci di non farlo più. Ci piegavamo in due dalle risate.

Ordinavamo al cuoco pranzi complicati e manicaretti insoliti che, poi, rifiutavamo di assaggiare.

Stavamo rinchiusi nella camera da bagno fino a mezzanotte, sdraiati nella bagnarola, parlando e bevendo vino rosso che avevamo rubato dalla dispensa.

Non studiavamo più. Non facevamo alcun senso. Dicevamo sempre di no.

XXII

Era tarda primavera. Gli ippocastani che fiancheggia-
vano i viali di corso Oporto erano di un verde dolcissi-
mo, punteggiati dal rosa e bianco dei fiori.

Un giudice, a Roma, aveva dato un parere favorevole a
mia madre. Non era la vittoria, ma l'aprirsi di una possibilità di successo.

Sembra che nessuno avesse il coraggio di dirlo a mio
nonno. I suoi legali continuavano a mentirgli, finché, un
giorno, un amico di mia madre è andato dal Senatore e
gli ha detto che i suoi avvocati avevano perduto in prima
istanza. Ne è rimasto sorpreso, e, quando il giorno seguente, Gianni è andato a perorare la causa di mammà, si
è arreso. Ha dichiarato che se una donna era riuscita a
farsi amare a quella maniera dai suoi figli, per Dio, doveva pure, in qualche modo, essere diversa da come lui
pensava. Credo che incominciasse a preoccuparsi. Che
cosa sarebbe successo se noi avessimo continuato a con-
durre la vita che in questi ultimi mesi era diventata un'a-
bitudine? Mia madre a nessun costo avrebbe smesso di
battersi per i suoi diritti.

Il Senatore ci ha invitato tutti a pranzo insieme a mammà e non avrebbe potuto essere più deliziosamente carino di come è stato nei suoi confronti.

Mia madre l'aveva già perdonato.

« Sei così bella, » ha detto il nonno « bella e giovane e i tuoi figli ti vogliono bene. Credo che dovreste andarvene tutti dall'Italia, per un po' di tempo. Vai, Virginia, a cercare una bella casa sulla costa Azzurra, dove potreste andarvene in vacanza per l'estate. Divertiti e riposa. Anche per i bambini sarà un cambiamento, e si troveranno bene. »

Quando la gioia arriva, così d'improvviso, uno non ha il tempo di gustarla tutta. Avrei voluto pensare, per giornate intere, a quanto sarebbe stato meraviglioso.

Invece era lì, prima che potessi pensarci. E uno la dimentica.

XXIII

A Cap Martin hanno trovato una villa, al centro di un enorme parco che finiva nel mare. Era una grande casa che cadeva, con un certo fascino, a pezzi. Aveva decine di camere da letto, grandi zanzariere, corridoi tappezzati di cretonne a fiori, saloni che si aprivano su terrazze e giardini, una quantità di mobili in tutti gli angoli e un'atmosfera di antico lusso. Siamo arrivati con le cameriere, i cuochi, gli autisti, le macchine; accompagnati da un'aria di vacanza.

Avevo solamente quindici anni, ma avevo imparato a guidare la macchina. Guidavo da mattina a sera, su e giù per tutta la Costa Azzurra, di corniche in corniche, perdendomi nella inebriante felicità di andare dove mi pareva. A casa, avevamo amici che venivano ad abitare; andavamo a fare il bagno nella piscina del Montecarlo Beach, mettevamo monete nelle "slot machines", compravamo cibi esotici nei negozi, ci sdraiavamo al sole, stavamo seduti all'ombra, uscivamo di sera, non ci cambiavamo per pranzo, non ci alzavamo per il breakfast, andavamo in giro seminudi, dormivamo a qualsiasi momento, in qualsiasi camera dove ci trovassimo. I ragazzi parlavano a Clara d'amore e Clara li ascoltava. Gianni e gli altri ragazzi uscivano con le sgualdrine. I piccoli, come ormai venivano chiamati i miei fratellini e sorelline da

Maria Sole in poi, giocavano sotto i pini e facevano il bagno dalla spiaggetta della pineta. Io prendevo la macchina e me ne andavo, al volante, percorrendo chilometri di strada, fermandomi a guardare un triangolo di mare blu luccicante che appariva tra gli arbusti verdi argentati e la terra rossa, respirando odori di pino nel sole che scaldava l'acqua salata e i fiori, provando gioia nel percorrere una strada che si inerpicava sulla montagna tra ville circondate da alberi immensi, assaporando la sensazione di vuoto, di niente, che mi possedeva.

Mia madre usciva spesso. Tutti gli uomini si innamoravano di lei. Gettava indietro la sua piccola testa castana e scuoteva i riccioli ombreggiati di rosso, ridendo. Noi scherzavamo con lei, la divertivamo, poi la facevamo arrabbiare, perché, quando aveva visite, ci presentavamo parlando con uno spiccato accento piemontese che lei non poteva soffrire.

Andavamo insieme a girare per i negozi, camminavamo per i sentieri assolati tra i pini del Cap, andavamo a fare il bagno nelle ville dei vicini che avevano la piscina o nuotavamo, giù, dalla spiaggetta nostra.

Princess Jane è arrivata per rimanere qualche settimana. Non si raccapezzava per il gran disordine che regnava in tutta la casa. Miss Parker tentava di arginare la confusione, insistendo perché almeno i piccoli andassero a tavola a un'ora fissa. Le automobili andavano e venivano, prevalentemente guidate da Gianni e da me, tutti e due senza patente. Dal nulla si materializzavano ospiti con in mano una valigia. Mammà usciva per andare a fare il bagno lungo la costa, e ci salutava dal finestrino di macchine sconosciute con, al volante, uomini imprevedibili e sorridenti. Andavamo in giro con gli shorts cortissimi e i capelli lunghissimi; capelli e shorts ci sfioravano il sedere. Eravamo sempre in gruppo, prendendo in giro tutte le persone che incontravamo. Credo che non fossimo molto popolari.

Certo non eravamo apprezzati da Princess Jane. Una mattina è entrata in una delle camere da letto e ci ha trovati tutti mezzi vestiti, sdraiati qua e là per la stanza.

« Ma che cosa state bevendo? » ha chiesto orripilata.

« Questo? », eravamo piuttosto blasé, « è sugo di ananas con champagne! »

« Champagne? All'ora del breakfast? » Era fuori di sé dall'indignazione.

« Perché no? È ottimo » abbiamo risposto noi.

Si è diretta con passo deciso verso la camera da letto di mia madre e, spalancando la porta, ha dichiarato: « Virginia, devi essere completamente impazzita! ».

XXIV

« Sì, è vero » aveva detto mammà. Forse la vita che stavamo conducendo era piuttosto eccentrica.

Mia madre era dell'avviso di lasciare fare ai suoi figli quello che loro consideravano giusto. La vita, poi, avrebbe insegnato loro come era meglio comportarsi. Ma, questa volta, ammise che ci sarebbe stato utile trascorrere un anno in collegio in Inghilterra.

Così abbiamo fatto le valige. Clara fu mandata in un "finishing school" di Londra e io sarei finita con Maria Sole in un convento di St. Leonards on Sea. Cristiana sarebbe rimasta a Torino con Giorgio e Umberto e, naturalmente, con Gianni che doveva continuare a frequentare il liceo italiano.

Dividevamo, Maria Sole ed io, una cameretta gelida con due lettini e una finestra che guardava sul vuoto.

Un'ebete di ragazza ti svegliava alle sei di mattina dondolando una terribile campana rumorosa su e giù per il corridoio per dirti che era ora di infilarsi un golfetto grigio e una tunica grattugiosa per scendere alla messa.

Le classi avevano poche allieve, le lezioni erano di una scialba infantilità. Ci insegnavano quello che in Italia ti insegnano a nove anni e sempre come rivolgendosi a un uditorio di mentecatte. Il livello intellettuale dell'intera scuola era sotto zero. Le suore che insegnavano erano sciocche e puerili, le ragazze erano ancora peggio.

Dopo colazione giocavamo a "lacrosse" in un prato o camminavamo, in fila indiana, lungo le strade di St. Leonards. Solo per sbaglio ci era concesso di vedere un'onda o una scogliera. Di ritorno, sedevamo tutte insieme, in un'enorme aula piena di tavoli e panche, e facevamo i compiti.

Mettevo la testa sul tavolo e singhiozzavo disperatamente. Non era possibile che io stessi sprecando la mia vita in questo modo. Mai ho sentito una noia così devastante; è l'unica volta nella mia vita in cui ho pensato che sarei impazzita.

« Che cosa ti succede, Suzanne? » mi chiedevano le suore. « Hai la nostalgia? »

« No, madre. Non ho la nostalgia, mi annoio. Non ho nessuno con cui parlare. Ho voglia di qualche ragazzo con cui fare una discussione. Qui non c'è niente da fare. »

« Forse potresti andare in chiesa a dire qualche preghiera » mi suggerivano.

Quello che poi mi feriva, indignandomi, era che Maria Sole, mai una chiacchierona, aveva l'aria di essere molto contenta. La torturavo spiegandole come tutto, qui, fosse insopportabile, ma lei mi guardava, senza aprire bocca e si rimetteva a leggere il libro che aveva in mano.

Un giorno, con una spazzola, l'ho picchiata.

Scrivevo centinaia di lettere in cui spiegavo che questo collegio era troppo stupido e che sarei fuggita. Chiamavo al telefono Clara, a Londra, e piangevo. Mi rispondeva di pensare a mammà, e di non creare guai.

Le suore leggevano le lettere che ricevevo e ne uscivano sconcertate. Chi erano tutti quei ragazzi che mi scrivevano? « I miei amici » rispondevo. « Perché? Uno non ha diritto di avere degli amici? » Mi guardavano allora con occhiate di pietà lievemente derisoria, che indicavano una totale mancanza di comprensione.

Avevano sequestrato i miei libri e mi davano storie da ragazzi, avventure di scuola che, anche se ci avessi provato, non sarei riuscita a leggere. Rovesciavano i miei cassetti sul pavimento perché imparassi a tenerli più in ordine. Mi odiavano. Io odiavo loro, la loro ottusità, la loro irrealtà, la loro mancanza di obbiettività, la loro falsa serenità di recluse.

Un pomeriggio sono andata al gabinetto e Maria Sole è entrata con me nello stanzino. A casa avevamo l'abitudine di fare il bagno entrando in sei o sette nella stessa camera da bagno. Una monaca ci aspettava davanti alla porta. « Sporcaccione, disgustose, » sibilava « non vi vergognate? Cosa fate lì dentro, in due? »

Stavo per schiaffeggiarla; questo, per me, era troppo. Sono scesa, ho chiamato al telefono mia madre e le ho detto che me ne andavo. Se non veniva a prendermi sarei scappata, mi sarei uccisa, non mi avrebbe più vista. Mammà ha cercato, vagamente, di discutere. « No » gridavo « no, qui non ci rimango. Non mi importa che cosa mi succede. Qualsiasi cosa è meglio di questo ipocrita istituto per idioti. »

È arrivata. Sei suore sedevano, severe, intorno a un tavolo; l'hanno ricevuta da sola, poi hanno fatto entrare me. Ho aperto la porta, ho visto mia madre assurdamente impegnata a prendere la cosa sul serio. Ci siamo scambiate un'occhiata. Era così fuori posto che mi sono messa a ridere. Si è messa a ridere anche lei; le suore non capivano che cosa stesse succedendo.

Siamo partite subito. Maria Sole ci salutò senza nessun visibile turbamento.

Discutevamo, mammà ed io, in un appartamento al Claridge's. Il solo punto su cui mammà era irremovibile era che io non dovessi stare nello stesso collegio di Clara; voleva che io non dimenticassi di avere due anni meno di lei.

Nei "finishing schools" trovavano che io ero troppo giovane; nei collegi trovavano che io ero troppo matura, finché, finalmente, a Queens Gate, abbiamo trovato un incrocio tra una cosa e l'altra. Era una snobistica combinazione di insegnanti e "chaperons" che si adoperavano a trovare la maniera migliore di far passare il tempo alle ragazze prima che incominciasse la loro vera vita. Per vita, si intendeva il matrimonio. Per matrimonio, una vita di cavalli in campagna; con taglio di nastri ai bazar di beneficenza. Ci insegnavano, dunque, a fare un discorso adatto a questo tipo di occasioni. Ci insegnavano anche un po' di storia e di letteratura inglese; ci insegnavano a ballare e a recitare; ci facevano visitare Londra, i musei, le pinacoteche, i castelli nei dintorni. Imparavamo il tipo di maniere che ti impongono di non chiedere che ti vengano passati lo zucchero o il latte, ma di aspettare, invece, che ti vengano offerti; dormivamo quattro per camera e le ragazze rubavano tutto quello che possedevo. Avevo fame, mangiavo cioccolatini e diventavo grassa.

Il trimestre successivo, dopo Natale, Clara è andata in Austria e io mi sono trasferita al convento di Cavendish Square che lei lasciava. Stranamente mi piaceva moltissimo. Qui le suore erano intelligenti e sensibili. Un giorno ho scritto in un tema che, quando un libro mi piaceva molto, lo mettevo da parte e ne leggevo una pagina al giorno per non perdere gli amici che i personaggi del libro, intanto, erano diventati per me. La madre che insegnava letteratura mi ha chiamato. « Interessante » ha detto « veramente senti in questo modo? » Da allora mi divertivo un mondo scrivendo temi e andando da lei a discuterne.

Ci portavano alla National Gallery dove sedevamo su uno sgabello e ascoltavamo un vecchietto scrupolosissimo che ci descriveva lo stesso quadro per trenta minuti. Il vecchietto era noiosissimo, ma, da allora, la pittura mi affascina.

In collegio c'era una ragazza italiana che io chiamavo la "Tigre", tanto aveva paura di tutto. Dalle nove alle nove e mezzo, la mattina, avevamo il permesso di fare una passeggiata. Trascinavo la Tigre di corsa lungo le strade fino a Oxford Street dove si poteva bere un "malted milk" e si mangiava la torta al cioccolato. Così diventavamo sempre più grasse. Morivo dal ridere perché la Tigre aveva paura di essere scoperta in un milk bar, cosa proibita; aveva paura di arrivare in ritardo perché ci eravamo spinte troppo lontano; aveva paura che scoprissero la torta di cioccolato che nascondeva in camera;

aveva paura che sua madre le desse una sgridata perché era aumentata di peso. Adoravo la Tigre.

Andavo in chiesa, pregavo ore e ore; diventavo profondamente religiosa; sentivo il fascino di quella cappella semibuia e silenziosa dove uno poteva abbandonarsi a pensare.

XXVI

Quando sono tornata in Italia le cameriere erano cambiate. Iolanda, una ragazza di Forte dei Marmi che era venuta da noi quando aveva quindici anni, per aiutare in cucina, era stata promossa a cameriera dei bambini. Era innamorata di Giovanni, l'autista, chiamato il Romano perché era l'unico in casa che fosse venuto da Roma. Iolanda era allegra, entusiasta e piena di energie, rispondeva a tutti con insolenza nel suo accento versiliese. Vigiassa era stata trasferita in guardaroba. Vestiva di nero, si sentiva molto importante e si occupava della lavanderia, della stireria, degli armadi, « quasi », diceva « la governante di casa ». Mi mancavano le sue scene di pianto e i suoi pettegolezzi sussurrati.

Clara aveva diciott'anni. Le giravano intorno ragazzi e uomini. Di questi, qualcuno, ogni tanto, mi prendeva la mano e mi diceva che voleva sposarmi. Scoppiavo a ridere. Una mattina sono entrata in camera di Gianni. Era nudo e mi sono accorta che era diventato un uomo.

Mia madre era nervosa; Lotti era in giro per la casa, e, al solito, sempre disposta ad avere torto. Miss Parker rimaneva un po' male quando descrivevo la stupidità delle ragazze inglesi ma, adesso che ero tanto più alta di lei, mi abbracciava e mi diceva che era contenta di vedermi.

Maria Sole era diventata grassa e brutta. Mammà le aveva fatto tagliare tutti i capelli e poi diceva che sembrava un parroco di campagna. Invece di ridere quella volta mi arrabbiai.

Cominciava l'estate. Mammà e Clara partirono per l'Austria in vacanza, a me toccò Forte dei Marmi con tutti i bambini.

Princess Jane era morta mentre io ero in collegio. Mi sentivo responsabile della casa e di quello che succedeva ai miei fratelli. Le cameriere venivano a chiedermi consiglio; poi anche le governanti. Sgridavo i piccoli quando si comportavano male e li mandavo a letto quando era l'ora. Ero piuttosto infelice.

Quando mammà è tornata, un pomeriggio, e camminando per il giardino, all'ora del tramonto, mi ha detto che Clara si era fidanzata, mi sono chiusa in camera e ho pianto.

« Vuoi dire che Clara si sposa e non me lo ha nemmeno detto? » avevo chiesto indignata. Eravamo amiche, Clara ed io, avevamo trascorso insieme la vita, spartendo momenti felici e cose tristi. Adesso, Clara mi aveva completamente dimenticata. La mattina dopo, in casa, tutti si davano gomitate, mormorando fra di loro che Clara si sposava.

Tassilo Fürstenberg era un bellissimo uomo. Alto, il corpo magro, forte e diritto, la faccia un po' selvaggia da tartaro, molti capelli spettinati e i vestiti straordinariamente sporchi. Con lui la nostra vita è stata invasa dai "von", dai "zu" e dai "von und zu", dai Cavalieri di Malta e dai principi ungheresi, dalle contesse austriache e dalle Altezze Serenissime. Lotti era talmente felice che stava alzata giorno e notte al tavolino, organizzando, scrivendo biglietti, mandando inviti, avida dei nomi aristocratici, facendo una gran confusione di tutto. Con lei sedeva la signorina Corsi convocata ad aiutarla. Tre volte al giorno la signorina Corsi scoppiava in lacrime; perché qualcuno era entrato nella stanza e non le aveva detto educatamente buon giorno; perché la trattavano come una cameriera; perché non la tenevano nella dovuta considerazione, dato che « certamente, lei, Anna Corsi, era soltanto una maestra, una borghese, e non una contessa, come Lotti ». Lotti passava metà del suo tempo a presentare a chiunque apparisse sulla porta la « cara signorina Corsi che ci aiuta tanto; che cosa faremmo senza di lei! », finché la signorina Corsi si consolava, beveva tre cappuccini uno dopo l'altro e così le veniva un tremendo mal di testa. Lotti apriva la finestra, tutto sembrava filare per il meglio, ma ecco un nuovo arrivato passare davanti alla porta e gridare « Ciao, Lotti » senza accorgersi della signorina Corsi e così si ricominciava da capo.

Tassilo parlava della sua famiglia con grande rispetto e molto umorismo; sia del capofamiglia dei Fürstenberg che di quello dei Festetich, principi ungheresi da cui discendeva sua madre. Digrignava i denti ed esclamava: « Ach, voi non capite. Il capofamiglia è molto importante ». Aveva centinaia di cugini e zii e parenti; tutti erano piuttosto scandalizzati dal fatto che lui sposasse una ragazza senza un titolo nobiliare. Avrebbe rovinato la sua posizione nel Gotha; o, perlomeno, la posizione dei suoi figli. I suoi figli non avrebbero potuto diventare Cavalieri di Malta, perché bisogna avere un certo numero di quarti di nobiltà.

La nobiltà era ancora considerata una cosa molto speciale. Noi, ringraziando il cielo, avevamo un nonno che era principe, anche se un principe di second'ordine, altrimenti Lotti sarebbe morta di vergogna. Per fortuna, grazie a quel nonno, potevamo racimolare qualche Lancellotti e qualche Massimo che erano cugini di mia madre e che sarebbero stati ben contenti di venire al matrimonio.

Mio nonno, il Senatore, aveva, anche lui, uno strano concetto della nobiltà. Ci raccontava che, da bambino, sua madre l'aveva mandato a scuola all'Istituto San Giuseppe dove la maggior parte dei ragazzi, essendo nobili, non aveva il permesso di salutare lui che non lo era. Considerava questo del tutto normale e ce lo raccontava senza ombra di rancore verso i genitori dei suoi compagni, descrivendoci un episodio di vita quotidiana. Così, quando gli è stato riferito che Tassilo avrebbe voluto una posizione alla Fiat, ha risposto, convinto di essere molto obbiettivo e logico: « Al'è n'prinssi? Ca fassa el prinssi », e non se n'è parlato più.

Se questo principe si sarebbe poi vestito con la giacca rossa dell'Ordine di Malta o con il mantello da ungherese in velluto verde bordato di zibellino, era un problema di ogni giorno. La maggior parte dei nobili Mittel-Europa erano bellissimi e non particolarmente acuti, ma le donne erano, se possibile, anche meno brillanti, di uno snobismo insuperabile, e nemmeno belle. Più erano titolate, più le loro mani sembravano un mazzo di salsicce.

Inutile dire che mi hanno fatto fare la damigella d'onore, vestita di una disgustosa stoffa rosata e floscia, insieme a una quantità di giovani contesse vestite come me che mi guardavano dall'alto in basso. Gianni ha portato Clara all'altare. Dalla parte degli austriaci era un luccicare di pellicce, di velluti, di colori, decorazioni sul petto e intorno al collo; dalla parte degli Agnelli tutto era lugubremente nero.

I torinesi erano incantati dallo spettacolo e guardavano, esterrefatti, gli uomini vestiti come nei film.

Quando sono terminati i festeggiamenti mio nonno ha chiesto se « l'carnaval l'era finì »

XXVIII

Francamente, non ho mai capito perché Clara abbia sposato Tassilo. Man mano che gli anni passavano, spiegava a tutti noi, ai miei fratelli, alle mie sorelle, ed a me, che uomo meraviglioso fosse Tassilo, che amante fantastico, che marito favoloso; ma per la verità, questo rientrava nel classico comportamento di Clara. Qualsiasi cosa lei avesse, era sempre la migliore.

Non credo che fosse innamorata di Tassilo quando si sono sposati. Lei aveva diciott'anni, lui il doppio. Venivano da "milieu" completamente diversi, avevano gusti differenti; a lei piacevano i vestiti e le lenzuola ricamate, a lui piaceva cacciare nelle montagne del Tirolo; lei si divertiva coi pettegolezzi casalinghi, lui coi ricevimenti eleganti e pomposi; lei amava stare a letto, lui all'aria aperta.

In viaggio di nozze sono andati in India, ospiti di vari Maharaja e, al ritorno, si sono stabiliti in casa di mammà a Roma. Clara si annoiava mortalmente andando a pranzo da vecchi diplomatici, da giovani coppie dell'aristocrazia. Mi chiamò al telefono e venni giù da Torino per stare un po' con lei. Mia madre disapprovava.

Clara mi ha detto: « Non ti sposare; non è molto divertente ». Ero pronta a crederle. Avevo, allora, una cotta adolescenziale per un cugino di Tassilo che era bellissimo, così bello da far sospettare che un mare prodigioso di idee si racchiudesse nella sua testa. Se c'erano, d'altronde, queste idee restavano ermeticamente chiuse.

Ma, che cosa faceva una ragazza se non si sposava? Se incontrava un uomo che era considerato un "buon partito" si parlava sempre di matrimonio.

Tassilo è andato in Austria per qualche giorno e Clara mi ha portato a una festa. Ero timida e "self-conscious"; non sapevo che cosa dire o fare. Un ragazzo mi si è avvicinato. « Sei amica di mio fratello » ha detto. Era vero; ma i due fratelli Lanza non si somigliavano affatto. Questo ragazzo aveva i capelli scuri, coperti di brillantina per stendere i suoi ricci; occhi grigioazzurri dallo sguardo perplesso e tratti attraenti che erano a un tempo volgari e inusuali. « Credevo che tu fossi in Spagna a fare la guerra », ho risposto.

A quel tempo non immaginavo che un italiano che combattesse in Spagna potesse trovarsi dalla parte degli anti-franchisti. I repubblicani erano infatti, per me, i "ribelli" che venivano descritti dall'opinione pubblica e dalla stampa italiana. Che fascismo e antifascismo fossero modi diversi di sentire le cose, l'ho capito anni dopo.

Di questo ragazzo sapevo che era ufficiale del Tercio perché Galvano, suo fratello, mi aveva fatto vedere una fotografia in cui Raimondo veniva decorato di medaglia d'argento. Sapevo che era coraggioso, braccato dalle signore, siciliano, figlio naturale del principe di Trabia e di una principessa già sposata. Illegittimo, Raimondo non poteva portare il titolo di suo padre.

« Tutte le donne mi corrono dietro, uffa. Non ne posso più. Sono tutte innamorate di me. Ti prego, fammi un favore; non ti innamorare di me. »

Mi colpiva la sua vitalità disperata. « Non ti preoccupare », gli ho sorriso.

Se n'è andato e una nuvola aveva già reso grigio il cielo.

Ho compiuto diciassette anni negli Stati Uniti, a Santa Barbara, California. Di tutti i luoghi del mondo, il più inaspettato. Camminavo su e giù lungo la spiaggia per ore e ore, guardando il cielo grigiastro, nuvoloso, da cui non pioveva mai. Sotto i miei piedi sentivo sgretolarsi le conchiglie e la sabbia. L'oceano, come lo chiamavano, era troppo freddo per poter fare il bagno. Camminavo e pensavo. Ero sola; forse per la prima volta nella mia vita. Mio zio Ranieri, fratello di mia madre, già sposato con una scultrice americana, aveva deciso ora di sposarsi con un'altra americana, divorziata anche lei e madre di una figlia dodicenne. La mia futura zia aveva questa casa sulla spiaggia, a Santa Barbara, e aveva offerto a mia madre, che mi trovava "irritante", di portarmi con sé e con lo zio Ranieri a visitare l'America. Loro erano innamorati e volevano stare per conto loro. La figlia, Mousie, andava a scuola e, comunque, non era troppo divertente. Così stavo sola.

Mio zio Ranieri e Lydia raccontavano le balle più incredibili. Era il campo di battaglia in cui si consumava la loro rivalità, ed erano, in questo campo, imbattibili. Sedevo, affascinata, ad ascoltare come uno dei due avesse imparato il cinese in una settimana, l'altro a piedi nudi sopra un iguana avesse scalato una montagna; uno aveva montato un cavallo da tiro importato dall'Australia e quasi vinto il Grand National, l'altro aveva costeggiato le Hawai facendo il "surfing" su un'onda anomala. Qualche rara volta li contraddicevo, o mettevo in dubbio le loro storie. Questo non lo tolleravano e finiva in una scenata. Mi chiudevo in camera, mi prendevo la testa fra le mani e mi domandavo da dove nascessero le relazioni umane. Ranieri era molto bello e carino, Lydia sapeva essere divertente; con me erano gentilissimi e sapevo di essere, per loro, un peso e una noia. Ma per quanto cercassi di essere umana, comprensiva, tollerante, a diciassette anni è tremendamente difficile vivere.

Si sono sposati a New York, in un appartamento che Lydia aveva al River House, e poi ci siamo imbarcati per tornare in Europa. Avevo visto il Grand Canyon, Long Island, Harlem, e, da un finestrino del treno, tutta l'America. Dimenticavo: avevo anche visto il World's Fair.

Sul *Conte di Savoia*, tornando a casa, ricordo Marzotto che, seduto a pranzo, diceva « Allora, la prossima esposizione sarà la nostra, a Roma. Chissà se la vedremo mai, quell'"E quarantadue?" ».

XXX

Topazia Caetani dava il suo ballo di diciott'anni all'Albergo Excelsior di Roma. Io non avevo ancora diciotto anni, ma mia madre ha deciso che era meglio che io andassi a un ballo e incontrassi gente nuova piuttosto che starmene seduta a Torino dicendo che ero innamorata di un ineffabile principe austriaco e facendo fare i compiti ai bambini poveri del doposcuola della parrocchia.

Ero vestita di velluto verde scuro, molto scollata, mentre le altre ragazze portavano tutte vestiti bianchi con pizzi e "volants". Sono arrivata con sei ragazzi che mia madre aveva invitato. Ero disperatamente timida e non conoscevo nessuno. Non sapevo ballare e non mi piaceva.

Raimondo mi ha trascinato in un salone vuoto e mi ha baciato, distrattamente, con violenza, sulla bocca. « Non mi avevi detto di non aver mai baciato un uomo? » mi ha chiesto.

« Infatti. »

« Perché baci me, allora? Credevo che tu fossi innamorata del tuo austriaco geniale. »

« Lo ero » ho risposto. Mi ha strizzato le dita e se n'è andato.

Era sempre così, Raimondo. Se ne andava, poi ricompariva a metà giornata o nel mezzo della notte. Quando entrava in una stanza era come il fulmine. Tutti smettevano di parlare o di fare quello che stavano facendo: gridava, rideva, baciava tutti, scherzava. Divorava il cibo come una macchina per tritare i rifiuti, beveva come un giardino assetato in un deserto, suonava il pianoforte, telefonava e mi teneva la mano, tutto contemporaneamente. Correva su per le scale e si fermava, in cima, ansimante; guidava la macchina come un pazzo; si sdraiava sul letto ai miei piedi e parlava senza interruzione, finché, d'improvviso, si alzava, mi baciava e scompariva.

Mia madre disse che dovevo tornare subito a Torino. Ho preso il vagone letto; stavo in piedi al finestrino, guardando Roma allontanarsi e il mio cuore si stringeva e diventava piccolo, piccolo. Qualcuno mi toccò la spalla, e vedendomi accanto Youssouf, un ragazzo albanese che aveva un debole per me, reagii con insofferenza. Davanti fuggivano i campi di Palidoro. Youssouf aveva studiato a Parigi: era eccezionalmente intelligente. Disse che mi amava, che era innamorato di me, e che mi aveva seguito per dirmelo. Avrebbe dato la sua vita per potermi portare due anni in una foresta, in Albania, per "educarmi". Mi avrebbe fatto leggere i libri che non conoscevo; mi avrebbe insegnato la storia dell'arte, la letteratura, la storia. Come era possibile, mi ripeteva, che io sprecassi la mia intelligenza andando in giro con un gruppo di imbecilli che non avevano niente da dire. Dalla locomotiva sbuffi di fumo si infilavano nel corridoio del vagone letto. « Studia, » mi diceva Youssouf « ti prego, studia, leggi, impara. Non buttarti via a questa maniera. Je suis tellement amoureux de toi que j'arriverais même à t'épouser » fu la sua conclusione.

Ero così innamorata, così presa da Raimondo, così

chiusa nella mia intimità come in una nuvola, che tutto
quel ragionare fatto d'amore, di buonsenso e di saggi con-
sigli mi parve una cosa intollerabile. Gli dissi brutalmente
di lasciarmi in pace. Tutto quello che desideravo era di
seppellirmi nel mio scompartimento e soffrire. Eppure la
mia rabbia aumentava quanto più riconoscevo che, almeno in una cosa, Youssouf aveva ragione. Ero ignorante.

XXXI

C'era ancora l'abitudine che un gruppo di ragazze, se facevano un viaggio turistico, fossero accompagnate da una "chaperon", così Berta, un'altra amica ed io siamo partite per la Sicilia, seguite da una cameriera. Era la fine di maggio, e un intero inverno trascorso nella casa di corso Oporto mi divideva ormai dal ballo di Topazia.

Da quando ero ritornata a Torino, la mia vita era cambiata. Avevo supplicato mia madre di usare tutta l'influenza che aveva in Croce Rossa perché mi fosse concesso di fare subito il corso di infermiera. Avrei dovuto, altrimenti, aspettare di avere ventun anni, come imponeva il regolamento. Finalmente, dopo eterne discussioni, sotto le occhiate di scettica disapprovazione delle signore titolate della Croce Rossa, fui accettata come allieva. Come me venne arruolata anche Lotti, che in questo modo mi avrebbe preso in consegna.

Portavamo la divisa bianca, inamidata e complicata da veli e sotto-veli e mezze maniche da monaca. Le cameriere si lamentavano. Mai il più elaborato vestito da sera di mia madre aveva dato loro tanto da fare come quella benedetta divisa. Mi insegnarono che un'infermiera non deve mai correre, perché non è dignitoso; allora camminavo controllando gambe e braccia in serena compostezza finché arrivavo a un corridoio vuoto che attraversavo di gran corsa. L'ospedale era una costruzione antica, e l'odore degli ammalati mi rivoltava ancora, ma imparai a domare la nausea pensando intensamente a qualcosa che mi piacesse moltissimo. Gli ammalati mi volevano bene. Ero così forte che riuscivo a sollevare da sola qualsiasi donna per trasferirla dal letto alla barella. Ero giovanissima mentre le altre infermiere non lo erano, ed ero pulita. Parlavo in pessimo piemontese alle donne che venivano dal mercato di Porta Palazzo; si rotolavano dal ridere al sentire la mia "giargolada".

Le monache che facevano l'assistenza nelle corsie (le volontarie lasciavano il servizio a fine mattinata) erano gentili solamente coi medici, riservando agli ammalati le prepotenze dettate dalla loro volgarità e dalla loro ignoranza.

Le corsie erano immense, con due file di letti, una per parte. Quando un ammalato era sul punto di morire mettevano intorno ai tre lati del letto un paravento, così che gli altri non vedessero. La corsia ammutoliva. Ricordo una ragazza che mi stringeva con le braccia e ansimava. « Non mi lasci morire. Non voglio morire. Per favore, faccia qualcosa, per non farmi morire. » La tenevo abbracciata, la sua testa sulla mia spalla, le sue mani intorno al mio collo finché la caposala è arrivata e mi ha portato via. « Lei è matta, » mi ha sgridato « quella ragazza è contagiosa, sta morendo di tubercolosi. Vada a casa, vada a lavarsi. » La mattina dopo la ragazza era sparita. Era morta. Sentivo la sua voce che mi diceva: « Non mi lasci: non mi lasci morire ».

Gianni e Galvano, il fratello di Raimondo, facevano il servizio militare insieme, come allievi ufficiali di cavalleria, a Pinerolo. Comparivano a Torino, in libera uscita, con le teste rasate, infreddoliti e affamati come due soldatini lontani da casa che si fanno fare la fotografia tenendosi per mano.

Al pomeriggio andavo a lezione; poi studiavo fino all'ora di pranzo. Volevo far vedere a quelle scettiche ispettrici che questa piccola Agnelli faceva le cose sul serio. Mi alzavo prestissimo e andavo a cavallo prima che cominciasse il turno in ospedale. Mio nonno aveva comperato un enorme terreno al centro del quale sorgeva un maneggio rotondo; era stata una proprietà di Gualino. Era destinata alla nuova Fiat Mirafiori che sarebbe sorta qui, alle porte di Torino, ma finché non fossero iniziati i lavori mi permettevano di andare a galoppare nei campi pieni di fiori.

Quando arrivavo nella corsia dove lavoravo, avevo le guance rosse per l'aria che avevo preso, e le altre infermiere sembravano più pallide e più vecchie. Alcune di loro mi detestavano, per partito preso. Le altre mi accettavano, mi invitavano a prendere il tè nelle loro case e mi chiamavano l'Agnellina. Ero felice di pensare che avevo delle amiche mie, una vita dove ero considerata come una persona, e che c'era gente che sorrideva perché io dicevo "buon giorno".

XXXII

Raimondo venne a prenderci, e ci accompagnò in giro per l'isola. Inghiottiva dieci gelati in fila, seduto a un tavolino di "Rageth e Koch", la pasticceria elegante di Palermo, dove i siciliani mangiavano gelati e granite di caffè a tutte le ore della giornata. Ci portava nella villa di sua nonna che era circondata, al centro della città, da un parco grande come un villaggio. In totale confusione ci vivevano decine di parenti e cugini che si salutavano, incontrandosi, con estrema formalità. Si dicevano "cara principessa" o "caro cugino", baciandosi a volte le guance e a volte la mano.

Passeggiavamo nel centro della città, squallido e misero. Agli angoli delle piazze friggevano le interiora degli animali e al mercato i pesci spada erano più lunghi delle tavole su cui erano distesi per essere affettati. Entravamo nelle chiese scure, camminavamo lungo strade assolate tappezzate di gerani rampicanti sui muri, visitavamo le rovine dei templi e il chiostro di Monreale, scoprivamo ville misteriose, giardini profumati, aranceti, spiagge.

La nonna di Raimondo ci invitò a colazione. Ci siamo vestite con gli chemisiers di seta e le calze e le scarpe. La principessa di Trabia viveva a palazzo Butera; sul davanti un'enorme terrazza guardava il porto. I saloni immensi erano tappezzati di broccato rosso, pesanti tende li riparavano dalla luce del sole; ogni centimetro di spazio era coperto di tappeti, quadri, mobili; e si mangiava in piatti d'argento. Regnava un'atmosfera drammatica, cupa e orientale insieme. Era difficile credere che fuori esistevano la luce, il mare e ragazzini di pelle scura che gridavano chiedendo l'elemosina.

Le seggiole avevano lo schienale alto. Raimondo stava seduto molto dritto. Se, distrattamente, ogni tanto si appoggiava all'indietro, sua nonna lo guardava con fermezza e lo richiamava, « Rrraimondo! », con accento siciliano.

« Scusami, nonna, » rispondeva e raddrizzava la schiena. Più tardi mi ha spiegato che sua nonna temeva che sporcasse la spalliera con la brillantina che si metteva sui capelli.

Palazzo Trabia era la casa di Raimondo da quando suo padre era morto, e lui era ancora ragazzino. Era stato educato dalla nonna in questa atmosfera da chiesa, che non aveva nulla a che vedere con la realtà. Un giorno la madre di Raimondo mi aveva raccontato che, quando era arrivata in Sicilia coi due figli per il funerale del padre, la principessa di Trabia, che li vedeva per la prima volta, li aveva guardati esclamando: « Questo, » rivolgendosi a Raimondo « si vede che è un Trabia; ma l'altro, come mai è così biondo? », davanti a lei, la madre, che era bionda come il grano.

Dei due, Galvano era tornato a vivere con sua madre a Vittorio Veneto e Raimondo era rimasto in Sicilia. I due fratelli erano ancora grandi amici e si adoravano, forse perché erano così diversi l'uno dall'altro. Raimondo prendeva in giro Galvano perché era così pigro, così vago, così egoista, così goloso, così menefreghista nei confronti di tutta la vita. Galvano rideva.

La principessa di Trabia aveva un volto stupendo, duro, bianco come una medaglia d'avorio. Era intelligente, acuta, si rendeva conto di tutto. Ci ha chiesto perché eravamo venute a Palermo, chi ci accompagnava, che cosa avevamo visitato. Noi mentivamo, facendo finta che Berta fosse molto più vecchia della sua età, dicendo che eravamo accompagnate, non da una cameriera, ma da una governante che era rimasta in albergo perché aveva mal di testa. Ci ascoltava, sapendo che stavamo mentendo, e divertendosi del nostro imbarazzo.

Poi Raimondo ci ha portato in macchina a Trabia dove aveva un castello. Era sul mare, in alto; una cascata attraversava la terrazza e si gettava nelle onde ai piedi della scogliera. Davanti, nella baia, era la tonnara. Si vedeva la grande barca piatta e le bandierine che segnalavano le reti per catturare i tonni. Siamo rimaste per la notte. Raimondo mi ha portato fuori in barca sul mare illuminato dalla luna; sperava che i tonni entrassero in tonnara, così da non perderci lo spettacolo della "mattanza", quando coi grandi uncini tirano fuori i pesci dall'ultima rete. Il mare si sarebbe tinto del sangue rosso e Raimondo si sarebbe tuffato nella "camera della morte" nuotando avanti e indietro mentre i pescatori lo applaudivano.

XXXIII

« Saluto al Duce! » ha gridato una voce dentro al microfono. Poi abbiamo ascoltato la dichiarazione di guerra contro l'Inghilterra e la Francia. Gli occhi di mia madre erano pieni di lacrime. Miss Parker si è soffiata il naso. Eravamo tutti seduti intorno alla radio. Per noi, la guerra era un'avventura sconosciuta e, quando si è giovani, le cose che non si conoscono esercitano comunque un'attrazione vitale.

Vestita da infermiera, ogni mattina, in bicicletta, salivo all'ospedale. Lotti mi seguiva, in bicicletta anche lei, senza molto entusiasmo. Stavamo tutto il giorno ad assistere i feriti di ritorno dal fronte francese. Ci raccontavano come li avessero mandati, a piedi, nella neve, senza calze dentro gli stivali di cartone che facevano acqua; come li avessero massacrati mentre quasi non si rendevano conto di quello che succedeva.

Una corsia, in tempo di guerra, è completamente diversa da una corsia normale. Ragazzi giovani e bruni, dall'apparenza sana, che inaspettatamente rivelano un arto amputato o una piaga sanguinosa, e il puzzo della cancrena gassosa che invade l'aria.

L'eccitazione, sparita così in fretta, aveva lasciato quasi tutti gli italiani preoccupati e perplessi. Lo sguardo

negli occhi delle persone anziane era disperato, ango-
sciato.

Noi eravamo ancora giovani e credevamo ancora che,
dietro l'angolo, la vita sarebbe stata piena di alberi in
fiore.

Ho chiesto di poter andare in camera operatoria per
vedere un'operazione. Mi hanno detto che ero troppo
giovane; avevano paura che io svenissi; ma la direttrice
ha perorato la mia causa e sono stata invitata in camera
operatoria un martedì mattina.

Quando sono entrata mi sono accorta che i giovani as-
sistenti ridevano e mi guardavano in una curiosa maniera
divertita. Stavo in piedi, in un angolo, il velo bianco a
due dita dalle sopracciglia, l'orlo del vestito trenta centimetri da terra come imponeva il regolamento.

Hanno portato il primo paziente e hanno incominciato
a coprirlo con lenzuola sterili. Gli hanno coperto le gambe e il torace, poi le cosce e il ventre, poi ancora finché
solamente il pene del ragazzo è rimasto visibile. Hanno
eseguito l'operazione. Poi hanno portato un altro ragazzo
e hanno seguito la stessa procedura, la stessa sei o sette
volte, di fila. Di quando in quando uno dei medici si
voltava e mi dava un'occhiata per vedere quale fosse la
mia reazione. Credo di non essermi mai mossa. Osservavo in silenzio, simulando un'indifferenza totale. Alla fine,
uno di loro si è voltato e mi ha chiesto: « Allora, sorella
Agnelli, è stato interessante? » e sono scoppiati tutti a
ridere.

« Grazie infinite, » ho detto « sì, molto interessante »
e sono uscita. Ero costernata da tutta quella stupidità e da
quella volgarità. Odiavo quei puerili complessi sessuali,
quel desiderio di mettermi in imbarazzo, quella ridicola

maniera di rivendicare una presunta superiorità di maschi.

Ho imparato, durante quel periodo, che è vero che gli uomini considerano il membro virile un oggetto fantastico. Spesso un soldato operato di ernia o di appendicite mi chiamava per dirmi: « Sorella, per favore, venga a guardare la mia ferita; mi fa male ». Quando mi avvicinavo si scoprivano per svelare un'erezione inaspettata che mi lasciava del tutto indifferente, visto che solamente più tardi ho imparato che cosa significasse. Le altre infermiere ridevano e gridavano: « Copriti, copriti, monello ». Io, seriamente, medicavo la ferita. Era questo il gran divertimento della corsia.

Un giorno un medico mi si è avvicinato. « Lei non crede affatto in questo mondo, vero, sorella Agnelli? Lei pensa che esista il mondo dell'al di là. Ha sempre l'aria di guardare lontano. »

« No, no. A me questo mondo piace molto » l'ho rassicurato. Ma evidentemente i nostri mondi erano diversi.

XXXIV

Raimondo sarebbe arrivato al Forte quella sera tardi, in treno. Ho trovato miracolosamente un taxi per andarlo a prendere a Viareggio.

Durante la guerra, in Italia, le stazioni erano perennemente affollate, così che ne nasceva una impressione metà di vacanza e metà di terremoto. Me ne stavo, in piedi, schiacciata, spinta, urtata dalle centinaia di persone che bivaccavano nella luce fioca e cercavo di capire quando sarebbe arrivato il treno di Raimondo dagli altoparlanti che vomitavano un continuo gracchìo incomprensibile. Tutta la gente urlava, si alzava in punta di piedi per vedere quelli che uscivano, e per capire che cosa stesse succedendo.

Portavo un vestito a strisce bianche e blu e tenevo in mano tre gardenie che qualcuno mi aveva regalato mentre salivo in taxi. Stringevo le gardenie e mi sforzavo di mantenere un posto da cui vedere il cancello attraverso il quale scorreva la folla dei viaggiatori. L'ho visto; la sua vitalità scoppiava dal colletto della camicia che aveva sbottonata; la cravatta annodata come una collana; lo sguardo arrogante, dolce e interrogativo, e il sorriso sorpreso quando mi ha scoperto alla stazione.

« Sei matta, » mi ha detto baciandomi « ti giuro che non ho mai pensato di prendere questo treno. Era l'ultima cosa che pensassi di fare; è una pura coincidenza che io sia qui. »

« Me l'hai detto te che saresti arrivato con questo treno » ho mormorato.

« Non faccio mai quello che dico. »

Mi ha baciato ancora. Mi ha trascinato al taxi, mi teneva la mano; si è voltato, mi ha guardato e ha esclamato: « Che cosa ti è successo? Sei diventata bella! ».

Non avevamo più l'automobile, ma andavamo in bicicletta sulle strade vuote. Andavamo a vela; venivano a trovarci amici che non se ne andavano più; stavamo interminabilmente sdraiati a pancia sotto, sulla sabbia, parlando della nostra vita in quel futuro che sembrava così corto. Alla sera ci radunavamo intorno alla tavola dell'office, mangiando quello che trovavamo in giro e parlando, parlando, parlando, finché uscivamo di nuovo, a camminare e a guardare il sole che sorgeva sul mare, spolverando di argento luccicante la sabbia grigia e fredda. Poi cadevamo dentro al letto, esausti, infreddoliti e giovani.

La mattina dopo sulla spiaggia ero sdraiata e guardavo Raimondo camminare sulla frangia delle onde. Il sedere rotondo, la pelle cremosa, le larghe spalle sensuali mi comunicarono un brivido al basso ventre. Era la prima volta che provavo un'attrazione sessuale e mi resi conto che c'era qualcosa di indipendente, di diverso, di lontano dall'amore. Ma è vero che, allora, ero già innamorata di Raimondo e la sensazione mi riempì di un senso di vuoto, di felicità e disperazione mescolate insieme. Raimondo non partì, come faceva sempre, dopo due giorni. Mi teneva la mano e mi parlava senza smettere mai. Stava sdraiato accanto a me. Ho conosciuto la dolcezza della sua pelle sulla mia, la delizia di pensare in due, di vivere in un mondo a parte, di non sapere se si è svegli o addormentati, se è sera o mattina, se c'è la guerra, se il sole sta splendendo, di non sapere niente se non che si è insieme.

XXXV

Raimondo era molto amico di Galeazzo Ciano. Galeazzo pranzava con lui quando erano a Roma e, quando era in viaggio ufficiale, se lo portava dietro per divertire tutti facendo il verso all'ambasciatore tedesco o ai gerarchi fascisti. Gli era permessa qualsiasi cosa.

Ciano era l'immagine mondana del potere. Visto che lui giocava a golf, tutta la società romana si era messa a giocare a golf. Si riunivano all'ora di colazione all'Acqua Santa e aspettavano, come mendicanti, il "ciao" di Galeazzo. Le donne si comportavano con una mancanza di dignità imbarazzante. La favorita del momento era adulata, invidiata, detestata, rincorsa. Stare a braccetto con Galeazzo, essere viste con Galeazzo, farti mettere le mani addosso da Galeazzo era il vero segno del successo.

Dio sa che anche se più tardi siamo diventati amici, Dio sa che Galeazzo non era un uomo attraente. Il mento proteso su un secondo mento e sullo stomaco dilatato, i capelli oleosi e lisci, gli occhi piccoli e lucenti in un alone giallastro, le braccia e le gambe corte, erano nulla se paragonati alla voce nasale, acuta, in falsetto, con cui si rivolgeva arrogantemente alla gente che gli stava intorno. Qualsiasi cosa dicesse tutti si rotolavano dal ridere. Credo che li detestasse tutti.

Una sera Raimondo ha portato Galeazzo a casa a una delle nostre riunioni intorno al tavolo dell'office. I miei amici, quelli con cui passavo le notti a chiacchierare, se ne sono andati disapprovando con discrezione.

« Allora che cosa ci offrite? » ha chiesto Galeazzo con un grido chioccio.

« Non so, qualche biscotto, immagino, forse un cioccolatino; potrebbe esserci del vino da qualche parte. » I cortigiani che lo seguivano cominciarono a cinguettare nervosamente. « Ma ci sarà, pure, qualche cosa di più interessante. »

« No » ho detto. Infatti non c'era altro. Mia madre disapprovava il mercato nero e anche i cioccolatini erano una rara eccezione.

Ci siamo seduti. Signore, diplomatici, ministri, giullari aspettavano una reazione. Galeazzo scoppiò a ridere. Era preoccupato perché doveva rientrare a Roma a farsi togliere le tonsille, e tutti gli assicuravano che era un'operazione da niente. Io tacevo.

« E l'infermiera, che cosa dice? Mi farà male? »

« Molto », ho risposto.

« Veramente, Suni! Come puoi dire una cosa così assurda? Sai benissimo che Galeazzo non avrà alcun dolore. Perché innervosirlo? »

Tacevo di nuovo. Ho cercato la mano di Raimondo e l'ho tenuta. Andandosene Galeazzo mi ha detto: « Non è permesso dal regime dare del lei: dobbiamo darci del tu ».

« La ringrazio, spero che lei tornerà un'altra volta. »

« È tremendo, vero? » ho detto a Raimondo « eppure mi piace. È intelligente e spiritoso. Se soltanto non avesse intorno quella spaventosa gente. »

Le camere sul corridoio si sono aperte a una a una e sono riapparsi i miei amici. Ci siamo seduti intorno al tavolo. Ma non era come le altre sere. Sapevo che si sentivano traditi.

XXXVI

Raimondo è andato a Roma per qualche giorno. Mi ha chiamato per dirmi che ci saremmo incontrati vicino a Livorno dove Galeazzo ci aveva invitato per una partita di pesca. Galeazzo avrebbe mandato una macchina a prendermi.

Per un contrattempo sono arrivata molto tardi e Raimondo era uscito con gli altri su un peschereccio. In barca a remi mi portavano verso di loro attraverso la rete dentro a cui i pesci saltavano. Mentre ci avvicinavamo lo vedevo, vestito di chiaro, in piedi, in coperta, in mezzo agli altri che erano, invece, vestiti di scuro. Ero timida e avevo paura di quello che sarebbe successo al momento di rivederlo. Mi innervosivano quegli uomini quasi sconosciuti che gli stavano intorno.

Mi hanno chiesto di rimanere nella barca a remi e di aiutare a tirare fuori i pesci dalla rete. Ce n'erano talmente tanti, di pesci, grandi, vivi, freddi, scivolosi, guizzanti, bagnati, lunari, luccicanti. In un momento ne è stata piena la barca. Siamo tornati al molo e finalmente mi sono potuta avvicinare a Raimondo. Per una volta non rideva. Mi ha preso la mano e, in silenzio, l'ha tenuta. Stava soffrendo: non capivo che cosa gli fosse successo. Più tardi, quando siamo stati soli, mi ha detto: « Ti ho sempre ripetuto che amavo la libertà più di ogni altra cosa. Non mi importa più della libertà. Voglio sposarti. Ti voglio bene ».

Galeazzo ci ha riportati a casa sua ad Antignano e, a pranzo, mi ha fatto sedere accanto a sé, con Raimondo al mio lato, dall'altra parte; Galeazzo rideva: « Tu dici la verità. L'operazione è stata terribile, la gola mi ha fatto un male d'inferno. Tu sei l'unica persona onesta; me l'hai detto prima. Ti volevo mandare un telegramma ».

Siamo diventati amici. A casa sua, dove vivevano i suoi figli che adorava, le sue amiche non erano invitate. C'erano ministri, consiglieri, gerarchi fascisti, amici di Livorno, ma l'atmosfera era familiare anche se si beveva champagne a tutti i pasti.

Dopo pranzo Raimondo mi ha portato in giardino e mi ha fatto una scenata. « Non mi hai mai parlato durante tutto il pranzo! Hai parlato tutto il tempo a Galeazzo. Guarda che ti picchio: ti farò vedere io. »

Ero stupefatta. « Stai scherzando », gli ho detto. « Che cosa pretendi? Che volti la schiena al padrone di casa per parlare tutta la sera con te? Perché mi ci porti, qui, se vuoi che sia maleducata? O forse credi che sia una di quelle stronze che non possono parlare con un uomo senza farsi fare la corte. In ogni modo, guarda, andiamocene. Torniamo a casa: io ne ho avuto abbastanza. »

Siamo tornati a Forte dei Marmi. Era settembre. Il cielo era più blu, l'aria più fresca, non dormivamo mai, stavamo sdraiati in barca a vela a guardare il vento, ascoltavamo "Ohi Marì, ohi Marì" cento volte di fila.

« Come farete, se un giorno avrete bisogno di tutte e due le mani? », ci chiedevano.

La felicità è così corta che, veramente, finché dura, ci si può accontentare di una mano sola.

XXXVII

Ero a letto con la pleurite. La nonna di Raimondo è venuta a farmi visita.

Mia madre era in costume a due pezzi, molto insolito a quel tempo e l'ho pregata di mettersi qualcosa di più adatto all'occasione. Mentre la principessa di Trabia entrava con studiata lentezza nella mia camera, mammà è apparsa in un delizioso vestito "comme il faut".

Raimondo si è alzato in piedi. Sua nonna ha dato uno sguardo penetrante alla camera, al grande letto a due piazze in cui ero sdraiata, a me, a suo nipote. Si è seduta in una poltrona con i braccioli e la spalliera alta. «Non prendere l'aspirina, figlia, hanno ucciso mio figlio dandogli l'aspirina.» Uscendo, mi ha ripetuto: «Ricordati, non prendere l'aspirina».

Mi hanno mandato in sanatorio a Davos.

Camere bianche, corridoi verdini, infermiere inamidate, il granduca Dimitri in una stanza, in quella accanto una ninfomane tedesca, poi un ragazzo portoghese, uno svizzero suonatore di liuto e vecchi, tanti vecchi.

Per raggiungere il sanatorio di Schatzalp bisognava prendere una funicolare che faceva una corsa ogni ora quando era stagione; altrimenti qualche corsa al giorno. La stagione era l'inverno, quando i bambini salgono con le loro slitte per scendere scivolando sulla pista da bob ghiacciata e gelida.

Quando siamo arrivati non c'era la neve; era ancora autunno e il sentiero che portava dalla stazione della funicolare all'entrata del sanatorio era scialbo e freddo.

La "cure" consisteva nello stare sdraiati a letto sul terrazzino o all'interno della stanza con le finestre spalancate, e nel respirare l'aria che doveva farti guarire.

Visto che tutti stavano sempre a letto e le finestre erano sempre aperte, il riscaldamento sarebbe stato inutile. Infatti non lo accendevano. Povera Lotti che non era malata e sedeva qua e là con il mantello, le calze di lana, la sciarpa, il plaid intorno alle ginocchia, gli stivali di pelo, e ancora batteva i denti!

Di giorno era affascinante, essere sdraiati in totale silenzio, nel letto pieno di borse calde e coperte, guardando scendere i fiocchi di neve, o la lontana montagna bianca macchiata di pini scuri. Era assai simile, come sensazione, a prendere il sole in mezzo al mare dopo un tuffo nell'acqua fredda. Si va alla deriva, si galleggia, si sente senza pensare. Si sa attraverso la pelle di essere vivi.

Ma, al tramonto, quando alle cinque ti riportano in camera per darti la cioccolata calda in cui inzuppare gli Zwiebacks e ti trovi in quell'acquario semi-lucido senza niente da fare, se non aspettare che venga il domani, allora ti prende un'angoscia senza nome.

Lotti stava seduta su una seggiola senza far nulla e insieme aspettavamo che fosse l'ora di dormire.

A Raimondo scrivevo. Mi mancava, ma non avevo molto da dirgli. Sentivo che in qualche misteriosa maniera lo avevo deluso. Sapevo di non essere malata. Ero stanca, ma non sapevo di che cosa.

Mi venne una strana malattia della pelle che provocava un prurito insopportabile. Cercavo di spiegare ai medici che si trattava di scabbia. Raimondo se l'era presa in treno e se n'era liberato in tre giorni, mediante una drastica cura. Sorridevano con sprezzante superiorità. « La scabbia è una malattia da soldati: questa è una malattia meno semplice. » Venivano specialisti da tutte le parti. Mia madre si era convinta che io avessi una strana malattia venerea. Mi coprivano di unguenti e mi spennellavano con olii medicinali. Il prurito aumentava sempre di più.

Raimondo annunciò il suo arrivo e andai alla stazione a prenderlo. Stavo in piedi sotto la squallida pensilina di Davos Platz guardando il treno che ci veniva incontro tra la neve; la campana svizzera faceva "dang-dang", il capostazione gridava « Davooos Platz », qualche viaggiatore scendeva sul marciapiede e Raimondo non c'era. Ho ripreso la funicolare verso il sanatorio, mi sono sdraiata sul letto e ho pianto. Più tardi Raimondo mi telefonò. Aveva confuso gli orari, e stava cercando di organizzare una corsa speciale della funicolare; mi aveva portato un regalo. Lo aspettavo mentre la funicolare strisciava lentamente su per la montagna; infreddolito e pallido, portava una sciarpa celeste intorno al collo. Teneva al guinzaglio il più grande alano arlecchino che ci sia mai stato. Era grande come un cavallo, stupendo, quieto, forte e maestoso. Di nascosto l'abbiamo portato in camera; quando si muoveva la stanza tremava; per bere svuotava la bagnarola; si chiamava Nador.

Sdraiata nel letto con le braccia intorno a Raimondo sapevo che non sarebbe più stato come prima. Raimondo era fatto per altre cose, e io anche.

Ero triste perché lo amavo e sentivo quello che lui sentiva: mi faceva pena e non potevo farci niente.

La confusione provocata dalla scoperta di Nador nella stanza, la mattina dopo, ci fece ridere per tre giorni.

XXXVIII

Raimondo e io ci siamo fidanzati. Mia madre mi consegnò un magnifico anello di fidanzamento e un braccialetto che la nonna di Raimondo le aveva dato per me. Ogni tanto mi mettevo l'anello sull'anulare sinistro e lo guardavo. Non aveva niente a che vedere con Raimondo o con me.

Avevo paura di ammalarmi ancora. Mi provavo tutto il tempo la temperatura. Passavo la convalescenza a Cortina e un giorno chiesi a un medico locale che cosa pensasse della mia pelle.

« Ma certo che ha la scabbia », scoppiò a ridere. « Si spalmi addosso questo liquido e vedrà che in tre giorni le passa tutto. »

Parlavo al telefono con Raimondo, tutti i giorni. Avremmo dovuto sposarci a giugno, ma non accennavamo quasi mai al matrimonio. Mi raccontava delle persone con cui usciva e delle donne con cui andava a letto. Diceva che erano tutte diverse da me, a cui voleva bene. Non ero gelosa, a quel tempo. Tra lui e me c'era qualcosa di diverso.

Gli scrivevo lunghe lettere e mi raccontava che le leggeva sdraiato nella vasca da bagno. Viveva in un appartamento al Grand Hôtel in mezzo a dischi, cicche di sigarette, velluti, fotografie e giornali. Quando non era nel suo enorme letto insieme a una donna, passava il tempo al telefono. E sempre andava di fretta e sempre era in ritardo.

Lo raggiunsi a Roma. Lo aspettavo ore intere, in piazza Colonna, dove mi passava a prendere per portarmi a colazione in qualche trattoria. Una volta ho accennato al fatto che lo avevo aspettato un'ora e quaranta minuti.

« Nini, ti prego, » ha esclamato « non è che tu pensassi che sarei arrivato puntuale. »

Aveva ragione. Ho riso.

Si sedeva a tavola, appoggiava un enorme mucchio di giornali vicino al piatto, poi li leggeva tutti, uno dopo l'altro. Intanto mi teneva la mano e di quando in quando alzava la testa e mi chiedeva « Mi vuoi bene, Nini? »

Gli volevo bene.

« Grazie a Dio non sei una di quelle donne insopportabili che dicono "Preferisci il giornale a me" e ti fanno il muso. Ti voglio bene. »

Stavo bene con lui quando era se stesso e egoista, quando non si sentiva costretto o obbligato a qualcosa. Ero molto giovane.

Avevo già ripreso la mia vita torinese quando Raimondo cominciò a parlarmi di una giovane attrice, a quel momento abbastanza nota, con cui usciva sovente e che lo attraeva. Mi stupiva che, improvvisamente, questa ragazza fosse invitata nelle case più socialmente chiuse di Roma, da gente aristocratica che, in genere, non considerava nessuno abbastanza "gratin" per essere ricevuto da loro. Sapevo anche che se Galeazzo domandava che

111

qualcuno fosse invitato, tutte le porte dei palazzi si aprivano immediatamente. In questo caso doveva essere così. La società romana gongolava all'idea di un così bel "potin", e un giorno ho preso il treno e sono andata a Roma.

Galeazzo mi aveva detto di andare a trovarlo nel suo ufficio a palazzo Chigi. Mi rivedo nella sala d'aspetto in piedi sul pavimento di marmo, fra uscieri e gente che aspettava. Immediatamente fui accompagnata, con sorrisi di intesa, a un salottino con sofà coperto di velluto viola. Galeazzo entrò, si sedette, mi circondò col braccio le spalle. Ero imbarazzata. Mi disse che Raimondo aveva completamente perso la testa per quella ragazza e che era meglio che io lo dimenticassi.

Poi mi disse: « Scusami, se ti faccio una domanda indiscreta, ma tu eri l'amica di Raimondo? Voglio dire, facevate l'amore? ».

Ero allibita, anche se sapevo che, a modo suo, lui stava cercando di essere gentile. « Raimondo è siciliano, » risposi « vuole sposare una vergine. »

« Aaah, » tirò un sospiro di sollievo « allora Raimondo è un signore. Mi tolgo tanto di cappello. » Mi alzai, uscii, attraversai la piazza.

Nel caffè di fronte andai al gabinetto e vomitai.

Che cosa importava quello che uno sentiva? Era la verginità che era importante. La società poteva così sentirsi, al tempo stesso, nobile e sofisticata.

Raimondo mi ha detto che, sì, era vero, era pazzo di quell'attrice. Ma che cosa importava? Quello che conta è la persona a cui uno vuol bene, non quella con cui uno ha voglia di andare a letto. Quello passa.

« Aspetta, » ha detto « per favore, aspetta. Tra un

mese o due questa malattia mi sarà passata e, allora, ci sposeremo. »

Esposi così brillantemente il mio caso alla duchessa Cito, ispettrice delle infermiere torinesi, che nonostante la mia età, dieci giorni dopo, mi imbarcavo, a Napoli, su una nave ospedale destinata a evacuare i feriti d'Africa.

XXXIX

Le navi ospedale italiane erano bellissime navi, ben equi-
paggiate, ben tenute, ben organizzate. Tutto quello che
faceva parte della Marina era di qualità superiore a quello che dipendeva dalle altre armi. Quando un'infermiera
volontaria saliva a bordo le era destinato il saluto col fischietto riservato agli ufficiali.

Salivo su per la passerella, emozionata, disperata e or-
gogliosa. Le infermiere erano alloggiate in un appartamento di sei cabine, due per ogni cabina. Tutte le altre
infermiere del gruppo erano milanesi: di mezza età o perlomeno sopra i trent'anni; molto sospettose della mia
presenza. Ne sentii una che diceva: « Dio mio questa
guerra! Adesso abbiamo anche la piccola Agnelli con la
crisi d'amore ».

Per pranzo ci mettevamo la divisa bianca con il velo,
tutto inamidato e stirato a perfezione. Sedevamo a una
tavola separata, e, quando il pranzo era finito, stavamo
in piedi, in riga, davanti al tavolo, rispondendo alle domande degli ufficiali che sceglievano di rivolgerci la parola. C'erano ufficiali di marina e ufficiali medici, il cappellano, qualche giornalista. Tutto era estremamente formale e "per bene". Dopo dieci minuti salutavamo e ci riti-
ravamo nel nostro appartamento.

Era grande tormento della Croce Rossa Italiana (a capo della quale, per tradizione, era sempre una principessa di Casa Savoia) era grande tormento che le infermiere volontarie non venissero prese sul serio, o potessero essere considerate leggere. Così, sulle navi ospedale, la grande preoccupazione era di tenere le "sorelle" lontane da qualsiasi compagnia maschile in modo che non potesse essere scalfita la loro romantica immagine di donna, madonna, madre, sorella che era l'ideale di tutti gli italiani. Pur di realizzare questo intento, l'Ispettorato centrale della CRI tendeva a imbarcare, sulle navi, infermiere vecchie, possibilmente brutte, molto cattoliche, anche se il loro livello professionale era bassissimo. Era meglio una contessa sulla cinquantina che una ferrista eccezionale.

Il mio gruppo, quel primo gruppo con cui mi hanno imbarcato, aveva, per puro caso, come capo, una donna intelligentissima e adorabile che studiava lingue orientali all'Università di Napoli. Era stata promossa capo gruppo sulla nave in sostituzione della precedente che aveva dovuto ritirarsi; e così si era liberato il posto nel quale io ero stata infilata.

Siamo diventate grandi amiche, Tina e io. La veneravo. Aveva un sorprendente sense of humour e giudicava le persone con occhio lucido, spietato, acutissimo, mitigato da una estrema carità. Aveva la voce calma e melodiosa. Parlava per ore interminabili. A me piaceva imitare le persone. Lei vedeva il lato ridicolo dei medici sciocchi e presuntuosi e insieme ci facevamo delle grandi risate.

Tina aveva deciso che io sarei stata incaricata del servizio al reparto ufficiali, sotto la sua sorveglianza. Le altre infermiere disapprovavano. Era abitudine che fosse la più vecchia delle infermiere a prendere in consegna il reparto ufficiali per evitare che sorgessero complicazioni fra i due sessi. Amici miei che erano stati rimpatriati in nave ospedale mi avevano descritto l'assistenza fatta da una settantenne sorda che distribuiva camomilla a tutti indistintamente.

Tina alzava le spalle. « Sa parlare le lingue. Dobbiamo imbarcare molti prigionieri. Mi serve al reparto ufficiali. »

A me diceva: « Capisci che non posso metterci una che pensa che chiunque abbia i gradi da ufficiale diventa automaticamente un Casanova. Con te questo pericolo non c'è! ».

Il direttore e i medici erano sorpresi, ma accettarono la decisione della capogruppo.

Ci siamo diretti sull'Africa: Bengasi, Tobruk, Marsa Matruk. Erano tre giorni di navigazione. Preparavamo il materiale nelle corsie e facevamo i letti. Lavavamo e stiravamo le divise per averle pronte durante il viaggio di ritorno. Imparai a stirare e ad attaccare bottoni. Al tramonto andavo in coperta e guardavo il mare. Pregavo. Pensavo a Raimondo e mi si riempivano gli occhi di lacrime.

Eravamo rimasti d'accordo che non gli avrei scritto per due mesi e che, alla fine di questo periodo, avremmo parlato dei nostri progetti per il futuro. Mi aveva dato il suo anello, una chevalière che si trasformava in chiave e che aveva sempre al dito. La tenevo appesa a una catena intorno al collo. La notte, prima di addormentarmi, me la mettevo in bocca e la succhiavo.

Ero talmente emozionata che, quando la costa dell'Africa era ancora lontana, io ero già in piedi sul ponte. Il vento del deserto tumultuoso e caldo aveva appena cominciato ad accarezzare la nave.

Mentre ci avvicinavamo alla spiaggia le grandi zattere ci venivano incontro. I feriti erano sdraiati sulle barelle, le bende insanguinate erano rosse nel sole violento, il mare come smalto. Chi non poteva camminare veniva issato a bordo in una rete che veniva abbassata fino alla zattera. Le barelle venivano allineate sul ponte caldo e ventoso in modo che i medici potessero assegnare ciascuno al suo reparto; gli ufficiali, i sottufficiali, i soldati; poi i feriti gravi, i meno gravi e gli ammalati. Gli italiani erano riconoscibili dal colore della pelle; i tedeschi erano fieri e biondi, alcuni avevano la medaglia col nastrino rosso, bianco e nero appuntato sulle fasciature; gli inglesi, la carnagione chiara e vulnerabile, ridevano; alcuni dei prigionieri erano neri.

Un ragazzo, giovanissimo, la voce tremante di adolescente, mi tirò la sottana, « Madame, je suis un officier, » mi ripeteva « je suis français et je suis un officier. » L'ho indicato all'ufficiale medico.

« Se è francese è solamente un traditore » mi ha risposto.

Il ponte era coperto di barelle, tra cui circolavano grida, ordini, lamenti. Andavamo in giro versando ai feriti bicchieri di limonata. Faceva un caldo infernale e c'è voluta un'eternità perché tutti i feriti raggiungessero i loro lettini.

Per la prima volta vedevo la guerra in faccia; la carne mutilata, la disperazione, il dolore, una moltitudine di occhi che interrogavano.

XL

La mattina dopo, quando sono scesa di corsa nel mio reparto ho trovato un gruppo di ufficiali inglesi che si divertivano con un piccolo infermiere italiano. Lui pensava di prenderli in giro e non si rendeva conto di quello che loro, sorridendo, garbatamente rispondevano.

« Questo Massa Matruk », l'infermiere indicava al di là del finestrino un villaggio tra le dune.

« Ah no, veramente? Chi l'avrebbe mai immaginato! » si sbellicavano gli ufficiali.

« Noi vincere guerra », continuava l'infermiere.

« Francamente, young chap, non ne sarei tanto sicuro, soprattutto se i soldati sono tutti come te », li udii rispondere in inglese, ridendo.

Ho interrotto la conversazione e ho chiesto all'infermiere di andarsene. Mi ha risposto che era di guardia ai prigionieri. L'ho pregato di stare fuori dalla porta. Poi mi sono rivolta agli ufficiali e li ho pregati di tornare a letto.

« Dove ha imparato a parlare l'inglese? », hanno esclamato.

« Con la mia governante », ho risposto. Sono tornati a letto.

Alcuni erano rapati a zero. Mi hanno detto che il comandante italiano del campo dei prigionieri li aveva fatti rasare per sfregio. Mi vergognavo. È difficile essere dalla parte di persone di cui ci si vergogna, così cercavo di vincere questa sensazione.

È arrivato il medico e mi ha chiesto di fargli da interprete.

« Dove è ferito? »

« Sister, conosce l'Inghilterra? »

« Please, risponda alla domanda del dottore. »

« Come mai è così alta, Sister? », il medico si innervosiva.

« Please, » ho pregato « per favore. Mi metterete nei guai. » Allora si sono messi a rispondere a tono e a comportarsi educatamente. Quel pomeriggio mi hanno domandato se era vero che ero Miss Fiat e che cosa ne pensavo della guerra.

Gli ufficiali tedeschi hanno fatto una questione sostenendo che i sottufficiali e i soldati tedeschi dovevano ricevere lo stesso vitto che veniva distribuito nel reparto ufficiali; altrimenti loro avrebbero fatto lo sciopero della fame. Gli italiani hanno fatto presente che quello era il regolamento. Infine i tedeschi si sono tranquillizzati.

A Napoli hanno ritardato il trasporto dei feriti all'ospedale perché la principessa di Piemonte doveva venire a bordo a salutarli. È arrivata, in divisa da crocerossina, circondata da altre infermiere dell'aristocrazia che distribuivano caramelle e aranci agli uomini esterrefatti. Stavo in piedi in fondo alla corsia degli ufficiali inglesi. Ho fatto l'inchino. Qualcuno le ha sussurrato all'orecchio chi ero. Mi ha guardato per un momento, poi ha detto: « Come è alta ».

Era timidissima. Riusciva, nel suo imbarazzo, a rivolgersi in tedesco agli italiani, in italiano agli inglesi, e in inglese, gettandoli nella costernazione, ai tedeschi.

Quella sera con Tina ci domandavamo che cosa sarebbe successo del nostro paese.

XLI

Arrivava la posta. Era un momento atteso. Tina teneva tutte le lettere in mano e le distribuiva. Ogni tanto mi guardava, sorrideva e metteva una lettera in fondo al mucchio. Mi muovevo con irrequietezza da un piede all'altro. Quando aveva finito di consegnare la posta le rimaneva ancora in mano un mucchietto di lettere.

« Queste son per te, leoncino, » mi diceva « ma devi imparare a essere più paziente. Te le darò più tardi. »

Sospiravo. Avevo già ricevuto, portata a mano da un messaggero speciale una grande busta bianca con la dicitura " Il Ministro degli Affari Esteri " stampata sul retro. Galeazzo si augurava che io stessi bene, che non fossi troppo triste e che la vita della nave ospedale non fosse troppo dura. Era gentile e premuroso, anche se le sue lettere non aumentavano a bordo la mia popolarità. Finalmente Tina decideva che avevo pazientato abbastanza; mi dava le lettere e io mi buttavo a capofitto nelle notizie della famiglia e degli amici, conservando per ultima quella di Raimondo. Scriveva in maniera dolce, senza dire niente, fingendo di essere allegro. Io cercavo di non pensare a che cosa sarebbe successo alla fine dei due mesi. Non gli rispondevo come d'accordo. In compenso scrivevo centinaia di lettere e un diario che leggevo ad alta voce alle altre infermiere. Scrivevo a Galeazzo, raccontandogli come era atroce la guerra quando la si vedeva così da vicino e quanto era fortunato, lui, di avere solo figli piccoli.

Il porto di Napoli era pieno di navi da guerra, marinai, soldati. Attraccavamo vicino alle altre navi ospedale e le crocerossine si scambiavano visite formali. Su una nave era imbarcata Edda Ciano. Aveva avuto una tremenda litigata con la Croce Rossa perché rifiutavano di arruolarla come infermiera, se non dopo due anni di corso seguito dall'esame di diploma. Non l'avrebbero imbarcata su una nave ospedale, finché non fosse diplomata. Edda era diventata furente, si era messa una divisa bianca, senza la croce rossa a cui non aveva diritto e, da suo padre, aveva ottenuto che la imbarcassero su una nave ospedale in una cabina, al di fuori dall'appartamento delle infermiere volontarie. Così Edda assisteva i soldati feriti, pur non essendo crocerossina. Tutti erano soddisfatti; nessuno aveva ceduto, ognuno faceva quello che aveva desiderato, nessuno aveva perso la faccia.

Quando scendevamo a terra il regolamento ci imponeva di camminare in coppia, di non entrare nei caffè e nei luoghi pubblici, di comportarci, praticamente, come suore. Immediatamente sono stata avvistata mentre camminavo per strada chiacchierando con un ufficiale e subito sono stata censurata.

Siamo ripartiti in navigazione. Era una missione segreta. Giravamo per il Mediterraneo alla ricerca dei naufraghi di una nave che era stata silurata. Non li abbiamo trovati e abbiamo proseguito verso l'Africa.

In alto mare, la sentinella ha avvistato un punto giallo sulla nostra rotta. Ci siamo avvicinati e hanno calato una lancia. Eravamo tutti appoggiati ai parapetti dei ponti a guardare. Tre ragazzi erano sdraiati, aggrappati uno sopra l'altro su un barchino di gomma di quelli da salvataggio degli aerei. Il barchino giallo era mezzo sgonfio in modo che solo la schiena dei ragazzi appoggiava sulla parete rimasta a galla, mentre le loro gambe erano immerse nel mare. Erano esausti, la loro bianca pelle delicata era scottata dal sole. L'ufficiale che si era avvicinato con la lancia ha segnalato al comandante che erano nemici. Due erano vivi, uno era morto; i compagni lo tenevano stretto tra le braccia.

«Lasciate il morto,» ha ordinato il comandante «portate a bordo gli altri due. »

L'ufficiale, incredulo, è rimasto immobile, per qualche minuto; poi ha aspettato, sperando di non aver capito, che l'ordine fosse ripetuto. A quel momento il cappellano della nave, temendo quello che stava per succedere, si è avvicinato, correndo, al comandante e ha incominciato a gridare e a minacciare. Il comandante ha ripetuto l'ordine. Il ragazzo morto è stato gettato in acqua. Si vedeva la sua testa bionda, tenuta a galla dal salvagente, che se ne andava trascinata dalla corrente sotto lo sguardo dei due compagni che, impietriti, lo seguivano.

Il silenzio è sceso sulla nave. Il cappellano ha dato la benedizione, dal ponte, rivolto verso il mare, appoggiato al parapetto, con le lacrime che gli scendevano sulla faccia. Non ha più rivolto la parola al comandante. Quasi tutti hanno seguito il suo esempio.

Era estate piena. Facevamo la spola fra l'Africa e Napoli. Avevo fatto amicizia con le altre infermiere, avevo imparato a stirare in maniera impeccabile, servivo messa al cappellano barbuto con cui, poi, mi fermavo a discutere. Riuscivo a sopportare la vista di un giovane prigioniero ferito al costato, dove, come un passero addormentato, si vedeva palpitare il cuore; di un altro che si guardava il moncherino amputato, gemendo: « Cosa dirà mia moglie? ». I miei occhi erano pieni di sofferenze e di orrore.

Avevo incontrato qualche fascista arrogante che amava la guerra e parlava di eroismo e di vittoria; ma erano ben pochi.

Mi chiedevano se avevo un fidanzato.

« Sì. »

« Dov'è? »

« A Roma. »

« A Roma? », erano stupiti; « ha un fidanzato che è un imboscato? Uno non se lo aspetterebbe. »

Sarebbe stato difficile cercare di spiegare. Era difficile persino capire che cosa, veramente, Raimondo avesse in testa. A che cosa stava pensando, Raimondo? La vita mi aveva maturato in quei due mesi avanti e indietro sul mare a bordo di quella nave di cui non farò il nome.

Un pomeriggio, a Napoli, è salita a bordo mia madre. Portava una camicetta di chiffon celeste e gli ufficiali della nave ne erano incantati. Aveva con sé un foglio della Croce Rossa che ordinava il mio disimbarco immediato. L'infermiera che mi doveva sostituire era già arrivata.

Ho protestato, inutilmente. Furiosa, ho fatto le valige. Le "sorelle" erano intorno per salutarmi; mi chiesero se potevano copiare il mio diario. Gliel'ho lasciato. Mi ero affezionata al mio gruppo; anche a loro dispiaceva vedermi andare via.

Tina mi ha messo una mano sui capelli che, in verità, sembravano una criniera e mi ha detto: « Ciao, leoncino. Questo Raimondo deve essere proprio un fesso ».

Poi siamo scese lungo la passerella mia madre ed io, e ci hanno dato il saluto col fischietto.

XLII

Guardavo le onde che giocavano, rincorrendosi sulla spiaggia, in quella stagione deserta, di Forte dei Marmi. Mi sentivo inutile e sola. Che fra me e Raimondo tutto fosse finito, l'avevo capito quando avevo incontrato la principessa di Trabia che scendeva i gradini dell'Hôtel Excelsior a Napoli. Si era fermata, e mi aveva guardato in silenzio sporgendosi, quasi inchinandosi, mentre mia madre mi trascinava per un braccio verso l'automobile dicendo allo chauffeur di andare alla stazione, subito.

Galvano era stato ferito in Africa. Mia madre mi aveva spiegato e io avevo ascoltato, testardamente muta, che Galvano era all'ospedale militare di Napoli e che lei non voleva che io rimanessi in una città dove, fatalmente, avrei finito col vedere continuamente Raimondo. Raimondo girava dappertutto con la sua ragazza e mammà aveva deciso di mettere fine a questa ridicola situazione.

Ero stata a trovarlo nel suo appartamento al Grand Hôtel. Le pareti erano tappezzate di fotografie: una ragazza dagli occhi trasparenti, ritratta in cento pose diverse. Mi aveva detto che ne era ancora innamorato, ma che presto si sarebbe liberato da questa " attrazione ". Mi pregava di aspettare ancora. Questa volta avevo detto " no ".

« Non essere sciocca, Pussy », mi spiegava. « Perché due mesi, sì, e quattro mesi, no? Non è la stessa cosa? Lo sai che ti voglio bene, che ti voglio sposare. Sei troppo intelligente per non capire queste cose. Non puoi essere gelosa di una cosa che con " noi " non ha niente a che vedere. »

« Perché diavolo mi chiami Pussy? » avevo chiesto. Rispose che era un nome carino.

Mi ero alzata e camminavo in giro per la stanza. Su una delle fotografie era scritto " A Raimondo, dalla sua Pussy".

« No, Raimondo! Non siamo più fidanzati, ciao. E, a proposito, sono gelosa. »

Quando la ferita si fu rimarginata, Galvano arrivò al Forte in convalescenza. Raimondo venne a trovarlo. Giravamo la pineta della Versiliana in bicicletta. Si comportava come se niente fosse cambiato. « Che bellezza che non siamo più fidanzati; così ci possiamo sposare quando vogliamo. »

Non facevo nemmeno lo sforzo di rispondere. Gli volevo bene, ero triste. Volevo dimenticare il futuro.

Gianni era rientrato dal fronte russo e stava per partire per l'Africa. Era diventato un uomo, bello e cinico. Della guerra non parlavamo mai. Mi diceva: « Come fai a dire che sei innamorata? Solo le cameriere si innamorano. Solo le cameriere, Galvano e te. È una cosa da riviste di terz'ordine ».

Clara era in Svizzera. Mia madre era preoccupata. Era continuamente di partenza con qualche scomodissimo treno per andare da una parte o dall'altra per farsi dare consiglio su dove organizzare la vita dei suoi figli alla fine dell'estate. Il corso della guerra era cambiato. Le città venivano bombardate. Dal fronte le notizie erano cattive. La vita era diventata più difficile.

XLIII

« La nave ospedale » annunciò il bollettino di guerra,
facendo il nome di quella da cui ero appena sbarcata
« è stata attaccata da aerosiluranti nemici nel Mediterraneo Centrale. » La nave non era affondata, tutti erano
salvi, ma, ugualmente, io mi sentivo vigliacca. Mi era
diventato impossibile, ora che avevo visto quello che
stava succedendo intorno a noi, starmene sdraiata al
sole.

La nave su cui era imbarcata Edda Ciano fu silurata
e affondata in piena notte. Tre delle sorelle avevano perduto la vita. Edda era stata raccolta da una barca di pescatori mentre nuotava per allontanarsi dal naufragio.
Sono andata a Torino e ho chiesto di essere nuovamente
imbarcata. Sono andata a trovare mio nonno. Era affet-
tuoso e severo. « Se avessi vent'anni sarei innamorato
di te » mi ha detto mettendomi le mani sulle spalle.
« Ma non voglio che tu vada in giro su quelle navi ospedale. Devi capire, non è perché sia pericoloso, è perché
non mi piace l'idea che mia nipote sia ripescata dal mare
in camicia da notte da uomini sconosciuti. »

Mia cugina Berta stava per sposarsi con un industria-
le, un ricco milanese. Trovavano tutti che era un matrimonio eccellente. Lei era felice. Quando stava con lui
si sentiva protetta e non pensava più a niente.

I nostri amici erano sparsi qua e là. Lodovico era stato dichiarato disperso in Russia. Emilio Pucci era diventato un grande eroe dell'Aeronautica e, tra lo stupore generale, il suo nome veniva citato a più riprese nel bollettino di guerra.

Poi c'erano i morti. Ogni volta il loro nome era un colpo inaspettato. Fratelli, mariti, figli di persone che uno conosceva e di fronte ai quali ci si trovava impotenti nella ricerca della parola giusta. Ragazzi con cui avevo giocato sulla spiaggia, che erano stati miei compagni di scuola, amici con cui uscivo la sera: spariti per sempre, in luoghi lontani.

L'estate è finita. Mi hanno imbarcato su un'altra nave. Siamo andati in Jugoslavia, Albania, Grecia a raccogliere i soldati feriti, disfatti, malati; non c'era luce nei loro occhi, nessun futuro a cui guardare.

La nave è andata ai lavori in bacino e io ho ricevuto l'ordine di trasferirmi all'ospedale di Caserta dove erano ricoverati i prigionieri feriti. Era un edificio immenso; i lunghi corridoi dai soffitti altissimi erano affollati di letti. Al mattino presto siamo entrati in corsia mentre i soldati erano ancora addormentati. Ho messo la mano sulla spalla di uno di loro e l'ho scosso leggermente.

« Wake up, » gli ho detto « ti facciamo il letto. » Ha fatto un salto, mi ha guardato con gli occhi febbrili e mi ha stretto il braccio. « Who are you? » ha gridato. « Dove sono, chi sei? Oh, Dio, ho creduto di essere a casa. »

Ero stupita della sua reazione. Ho trascorso il resto della mattinata facendo il mio lavoro e parlando ai ragazzi. Ho incontrato qualche soldato, qualche ufficiale che erano stati trasportati in Italia dalla nave ospedale su cui ero imbarcata. Mi riconoscevano e era come incontrare dei vecchi amici. Un colonnello inglese dirigeva l'ospedale. Era un chirurgo che era stato fatto prigioniero: lo aiutavano altri medici prigionieri.

Dopo colazione la capogruppo mi ha mandato a chiamare: « Le proibisco formalmente di parlare ai ricoverati. Questi sono prigionieri di guerra; gli ordini sono che le sorelle non debbono fraternizzare col nemico ».

« Lei mi proibisce di fare che cosa? », ho esclamato incredula.

« Di parlare ai prigionieri », mi ha risposto.

« Io non rimango qui, » ho detto « io me ne vado. Rifiuto di assistere ammalati e feriti a cui non mi è permesso di rivolgere la parola. È mostruoso. Lei mi sta dicendo che voi, tutte voi, infermiere che siete qui, a Caserta, non parlate mai a quei ragazzi in corsia? Dovete essere impazzite. Io qui non ci sto, nemmeno un giorno. »

« Lei dimentica, sorella, di appartenere alle Forze Armate Italiane », mi ha sibilato. « I suoi ordini sono di rimanere qui. Lei non se ne andrà. »

Me ne sono andata. Stipata in un treno affollato ho viaggiato tutta notte per raggiungere Roma; senza luce dietro le finestre dipinte di azzurro, in piedi nel corridoio zeppo di soldati disperati ed esausti.

Mi hanno imbarcata su un'altra nave.

XLIV

Le città venivano bombardate. La nostra casa di Torino è stata colpita e, in parte, bruciata. I piccoli sono rimasti a Forte dei Marmi. Miss Parker è stata relegata dalle autorità in una cameretta di Perugia. Galeazzo mi ha ottenuto un permesso per andare a trovarla. Era sola, triste e infreddolita, ma non si lamentava. Qualche mese dopo l'hanno rimpatriata con un treno di civili inglesi.

L'Italia era piena di sfollati che avevano avuto la casa bombardata nelle città del Nord e cercavano rifugio in campagna o in città più piccole prive di obbiettivi militari che, si sperava, sarebbero state risparmiate dalle incursioni alleate. Roma era, come sempre, privilegiata, ma i rifornimenti scarseggiavano e il mercato nero imperava.

Viaggiavo avanti e indietro fra Roma e le navi ospedale. Non si sapeva che cosa sarebbe potuto avvenire da un momento all'altro e ci inventavamo piccoli nascondigli segreti in cui ci saremmo lasciati un messaggio in caso di separazione forzata. Raimondo mi accompagnava alla stazione ogni volta che partivo; mi dava il suo anello da tenere come portafortuna e mi baciava violentemente sul marciapiede davanti al treno, gettando nella costernazione la mia capogruppo che sosteneva che queste cose si facevano al cinematografo.

Quando furono bombardate, nel porto di Napoli, anche le navi che erano attraccate vicino alla nostra, fui assalita da un panico nuovo. Mi sentivo in trappola. Stavamo sedute nel quadrato, al centro della nave; il tonfo delle bombe che colpivano il metallo era peggio della esplosione e della scossa che lo seguivano. Contro quelle esplosioni sorde, minacciose, non c'era altro da fare che stare seduti e aspettare.

Circolavano già allora, insistenti, le voci che le nostre navi ospedale trasportavano carburante in Africa. La linea di immersione era più bassa quando salpavamo dall'Italia che quando rientravamo carichi di feriti. Una " sorella " ha telefonato all'Ispettorato di Roma per comunicare che stavano caricando carburante sulla sua nave. Le è stato imposto di tacere. Facevamo finta di non saperlo e speravamo che la fortuna ci accompagnasse.

Un mattino di gennaio eravamo già in vista di Tripoli quando una tremenda esplosione scosse con un tremito la nave. Di corsa siamo salite sul ponte. Ci siamo infilate il salvagente mentre guardavamo i vetri frantumati e le pareti screpolate, non sapendo che cosa fosse successo. Avevamo colpito una mina. Da Tripoli avevano visto la nave bianca fare un salto verso l'alto e poi fermarsi in mezzo al mare. La città stava per cadere di fronte all'avanzata alleata. I feriti, in ospedale, aspettavano la nostra nave come l'ultima speranza di poter ritornare in Italia.

Ci hanno trainati in porto. La confusione sulle banchine ingombre di casse era immensa: un caotico andirivieni di soldati e autocarri, un pigia pigia di bianchi e di neri, di civili e di truppa, tutti urlanti, tutti vocianti. Camminavo in mezzo alla folla, quando, a un tratto, ho visto una campagnola venire verso di me e qualcuno che agitava il braccio salutandomi. Era Gianni, mio fratello.

Aveva il gomito fasciato; al suo attendente era sfuggito, per errore, un proiettile dalla rivoltella e lo aveva ferito trapassandogli il braccio con pochissimo danno. Ero talmente sorpresa di incontrarlo che non riuscivo a reagire. È venuto a bordo. Hanno offerto di portarlo in Italia sulla nave ospedale; tutto sommato, era ferito. Gianni ha sorriso e ha detto di no. Mi hanno concesso un permesso per passare la giornata con lui. Siamo andati in campagnola alle rovine di Sabrata e ci siamo seduti sui ruderi, tutti e due in uniforme, mangiando uno dopo l'altro dei datteri appiccicosi. Di quei due là, seduti fra le rovine, possiedo oggi una fotografia scattata dall'attendente di Gianni. Poi mio fratello ha proseguito per la Tunisia. Dopo qualche giorno sono ripartita per l'Italia, la nave in avaria, quasi vuota. I soldati che non avevamo potuto imbarcare ci guardavano supplichevoli, gli occhi pieni di invidia.

XLV

Le infermiere erano affaticate e nervose. Nel nostro viaggio di ritorno da Tripoli avevo passato la notte intera cercando di tranquillizzare una povera sorella, reduce dal naufragio della sua precedente nave silurata e affondata. Il mare era molto agitato e la poveretta era convinta nella sua nevrosi che anche questa nave, danneggiata dalla mina, si sarebbe spaccata, d'un tratto, e noi saremmo state gettate nelle onde.

A Tripoli avevamo trascorso le notti all'ospedale militare, ma anche lì i bombardamenti erano continui. Ci facevano sedere in un ridicolo rifugio che non offriva alcuna protezione, in mezzo ai bagliori, alla luce dei bengala che illuminavano il cielo, al fischio sordo seguìto dal fracasso delle esplosioni. Uscivo dal rifugio e andavo a guardare il riflesso delle fiamme sulla sabbia del deserto. Mi dicevano che ero pazza, ma, francamente, non mi sarebbe importato affatto di morire.

Quella volta, quando tornai a casa, dissi a mia madre che credevo di avere bisogno di una vacanza. I miei fratellini erano in Svizzera, mammà mi ha proposto di raggiungerli e di andare a sciare a St. Moritz. Mi sembrava un " anticlimax ", in quel momento, ma certamente era la cosa di cui avevo bisogno. Per ottenere la valuta estera per uscire dall'Italia era necessaria una speciale autorizzazione. Mammà mi ha organizzato un appuntamento con il ministro che poteva concederla.

Sono entrata nell'ufficio, un pomeriggio; era un piccolo ufficio e il ministro era un uomo piccolo dagli occhi intelligenti e stanchi simili a un fuoco che si spegne. Ho chiesto un'assegnazione di franchi svizzeri per andare tre settimane a sciare. Era sorpreso e velatamente divertito.

« Perché? », mi ha domandato.

Ho risposto che ero un'infermiera volontaria, che ero stata imbarcata e che la mia ultima nave ospedale aveva urtato una mina.

Mi ha interrotto. « Quanti anni avete? »

« Venti. »

Ha sorriso, poi è ridiventato severo. « Va bene, » ha detto « avrete la valuta. Buona vacanza! »

Così sono partita per St. Moritz dove abitavo in un appartamentino accanto al Palace Hôtel con Giorgio e Umberto. Umberto aveva sei o sette anni; si svegliava al mattino molto presto, si vestiva, camminava nella neve fino alla panetteria in cima alla strada e ritornava con una brioche, appena sfornata, per il nostro breakfast. La delizia di quelle colazioni con il nescafè e la crema, i panini bianchi col burro e la marmellata, non può essere descritta. Quando uno ha sempre da mangiare dimentica completamente quanto possa essere buono il cibo.

Alle dieci andavo a sciare con Topazia Caetani, che stava a St. Moritz con la madre. Siamo diventate amiche. A quel tempo l'atteggiamento di Topazia nei confronti dell'umanità derivava dal convincimento che se uno era nato principe, faceva istintivamente le cose giuste; se uno era borghese, poteva anche, se era molto intelligente e se si applicava, riuscire nello stesso intento. Sua madre aveva per me una grande antipatia, sia perché ero una borghese, sia perché provava, nei confronti di mia madre, una strana invidia. Entrava in camera di Topazia con la faccia spalmata di creme e trovandomi seduta ai piedi del letto gridava: « Qui c'è puzza ».

Topazia apriva la finestra. « C'è ancora puzza », urlava, di ritorno due minuti dopo.

« Va bene, Topazia, ho capito. Me ne vado. A stasera » e me ne andavo, ridendo, mentre Topazia mi faceva segnali disperati per spiegarmi che sua madre era da manicomio.

Topazia ed io salivamo, chiacchierando, sullo skilift doppio. Scendevamo per la pista e alla successiva salita riprendevamo la conversazione al punto in cui l'avevamo interrotta.

« Chi vorresti che si innamorasse di te? » mi chiedeva mentre venivamo sospinte su per la montagna ripida.

« Un ragazzo che ho conosciuto a Roma. Non l'hai mai visto. Vorrei che fosse molto innamorato di me, e io per niente di lui. »

« Ma, che idea, perché? »

« Penso che potrebbe essere divertente, tanto per cambiare. » Poi facevamo la discesa.

« Ti piacerebbe essere Tana d'Alba? » chiedevo io, durante la risalita. Tana era in albergo con noi, giovanissima, viziata, la faccia coperta di trucco.

« Preferirei essere Babù Boncompagni. È perfetta. Ha tutto. »

Babù era la migliore amica di Topazia e io ne ero particolarmente gelosa. Ripartivamo in " schuss ".

Alla sera andavano tutti a ballare e io tornavo nell'appartamento a giocare coi miei fratelli, a leggere, a pensare al mio futuro.

Pensavo che ero stata una sciocca a interrompere gli studi. Mi sarebbe piaciuto diventare medico e capivo che dovevo fare in modo che la mia vita dipendesse soltanto da me stessa, senza costringere un'altra persona a creare per me il paradiso o l'inferno. Fissavo il soffitto e mi vedevo con il camice bianco entrare in una corsia dove gli ammalati mi pregavano di rimanere con loro.

Ho lasciato St. Moritz, la neve, i cioccolatini, le saponette cremose, la pace, con la testa piena di idee; piena della convinzione che tutto sarebbe stato, nella mia vita, diverso.

XLVI

A quel tempo in Italia la legge stabiliva che, se uno non
avesse seguito regolarmente tutte le classi oppure non
avesse dato gli esami privatamente ogni anno, non poteva presentarsi agli esami di maturità se non dopo aver
compiuto ventitré anni. Io avrei compiuto ventun anni
in aprile e non potevo sopportare l'idea di dover aspettare altri due anni.

Cominciai col torturare mia madre. Dovevo trovare
la maniera di poter fare gli esami quest'anno. Mammà
che era sempre un angelo, ma lo era molto di più quando si trattava di tenermi lontana da Raimondo, si è data
subito da fare.

Galeazzo era caduto in disgrazia. Da ministro degli
Esteri era diventato ambasciatore presso la Santa Sede.
Andai a trovarlo nel palazzo sulla via Flaminia. Era
preoccupato, nervoso; stava, come d'altronde tutti, complottando. Gli ho spiegato il mio progetto; mi ascoltava,
interessato.

« Quanti anni di scuola devi fare? », mi ha chiesto,
leggermente scettico.

« Quattro o cinque », ho risposto, leggermente imbarazzata.

« E vuoi dare la maturità fra tre mesi? »

« Sì. »

« Accidenti, in bocca al lupo. Vediamo che cosa si può fare. »

Qualcheduno ha suggerito (non so più chi) che tre ministri in carica proponessero una legge per cui gli studenti che erano stati al fronte per più di tre mesi potessero dare la maturità a ventun anni.

Sono andata con mia madre dal ministro dell'Educazione. Si è messo a ridere e ha detto che avrebbe fatto la proposta di legge. Ci ha anche consigliato i migliori professori di latino, greco e altre materie che erano in grado di prepararmi a tempo di record per gli esami.

Cini, che conosceva bene mia madre e delle cui figlie ero amica, era ministro dell'Industria. Sono andata a parlargli all'Excelsior, mentre correva da una riunione all'altra. Gli ho spiegato il mio caso. Ha accettato di aiutarmi.

Mia madre ha trovato un terzo ministro disposto a promuovere la legge e la legge è entrata in vigore.

Mi sono comprata una bicicletta e una cartella da portare sulle spalle come quelle degli scolari svizzeri: tutti i miei insegnanti vivevano dall'altra parte di Roma: e il Gianicolo è molto lontano dal Tiburtino.

Nell'intervallo fra una lezione e l'altra mi sedevo ai giardini pubblici e succhiavo caramelle di vitamina che mi ero portata da St. Moritz. Ascoltavo intensamente piccoli professori con la barbetta, in camere semibuie, o signore dal seno ampio in appartamenti moderni col pavimento di mattonelle. Mi insegnavano tutte le cose che avrei dovuto imparare in quei lunghi anni sprecati. Mi credevano tutti un po' pazza e non pensavano che io potessi essere promossa, ma tutti erano d'accordo che si dovesse tentare.

Tornavo a casa spingendo la bicicletta, su per l'ultima, ripida salita, la testa piena di eroi di tragedie greche, versi latini, teorie filosofiche, leggi di fisica, formule di chimica. Salivo in camera e studiavo per ore e ore, davanti alle finestre che guardavano Roma. La città ai miei piedi aveva una dimensione nuova. Non vedevo più soltanto le finestre dorate dal sole del tramonto, le cupole infiammate e il balcone ad arco di palazzo Farnese, ma anche una città piena di case, di appartamenti, di strade dove vivevano persone che lavoravano e usavano il cervello per comunicare ad altri i loro pensieri.

Ho scoperto, con grande stupore, che ora mi piacevano tutti quei libri e quelle materie che detestavo quando andavo a scuola.

Qualche volta Maria Sole stava seduta con me. Preparava anche lei la maturità avendo dato ogni anno l'esame di passaggio alla classe successiva.

« Chissà dov'è finito Youssouf? », ho chiesto.

« Perché Youssouf? Immagino che sarà tornato in Albania. »

« Già, ma mi domando se è vivo o morto o in prigione. Se non fosse per lui forse non sarei qui a studiare. »

« Non so di che cosa stai parlando, » ha detto Maria Sole, « ma se continui a interrompermi non riesco a studiare. »

Una sera ero in salone, al pianterreno, e, sulla porta, è apparso un ragazzo sconosciuto. Aveva gli occhi molto verdi, stranamente rotondi e vestiva nella maniera più corretta e formale che avessi visto da tempo.

« E questa è Suni, sotto la lampada », sono state le prime parole che gli ho sentito pronunciare. Veniva dal fronte russo, e Gianni gli aveva detto di farsi vivo con noi quando rientrava in Italia. Mi sono ricordata che Gianni, in una lettera dalla Russia, ci aveva parlato di questo ragazzo: Urbano Rattazzi. Diceva che aveva incontrato il marito adatto per Maria Sole.

Urbano era diverso da tutti i ragazzi che io avevo conosciuto fin lì. Era educato, intelligente, studioso. Viveva con suo padre e sua madre in una villa sulla riviera ligure e parlava di tutte le cose con parole precise, inaspettatamente preziose. È rimasto a Roma qualche giorno; mi aiutava a fare i compiti di greco che traduceva a prima vista e mi accompagnava a lezione, in bicicletta, portando un paio di guanti e un cappello scuro da " businessman " inglese. Era ufficiale di cavalleria, parlava correntemente il tedesco, detestava i fascisti e mi spiegava lungamente che il fascismo aveva portato l'Italia alla rovina.

Era la prima volta che sentivo parlare dei fascisti come di gente diversa dagli italiani. Urbano veniva da una famiglia di uomini politici.

I miei amici ridevano e mi prendevano in giro. « Non puoi farti vedere con uno che si chiama come una strada. Poi cammina da ufficiale di cavalleria e parla così seriamente che non è possibile che ti diverta. »

Anche io prendevo in giro Urbano perché si comportava come se fosse un uomo maturo e impegnato.

« Ma non ti sei mai innamorato? »

« Una volta, » mi ha risposto, gravemente « di una Madonna, alla Pinacoteca di Dresda. »

Ero disorientata. È ripartito per la sua villa vicino al mare; mi scriveva lettere in cui mi diceva che camminavo come Artemide e che non avrei dovuto avere amici come Galeazzo. Non avevo tempo di rispondere. Studiavo, studiavo e giuravo a me stessa che, finito l'esame, avrei letto tutti i libri che c'erano al mondo.

Mia madre ci portò a casa un eroe. Era un ufficiale di marina che aveva affondato una nave inglese in circostanze eccezionali. Era alto, i capelli biondissimi tagliati a spazzola, gli occhi freddi e blu. Mai si sarebbe indovinato che fosse italiano. Gli era stata concessa la medaglia d'oro al valore e lui aveva rifiutato di essere decorato da Mussolini. Aspettava che il re gli appuntasse la medaglia sul petto.

Quest'uomo somigliava al mio ideale di uomo; un eroe modesto. Avevo per lui una cotta di ragazza e arrossivo quando entrava nella mia camera a informarsi sui miei studi.

Parlava vagamente di un complotto che la Marina avrebbe organizzato per far cadere il regime. Tutti facevano complotti. Era diventato lo sport nazionale.

XLVII

Non avevo smesso di frequentare Raimondo. Compariva nel mezzo della notte, faceva di corsa i tre piani di scale, si fermava ansimando ai piedi del mio letto dicendo: « Uffa, quand'è che tua madre si deciderà a mettere un ascensore in questa casa? » poi si sdraiava, sulla mia coperta, e mi parlava.

Anche lui stava complottando. Andava, ora, in giro con un generale che era diventato di gran moda in città; un tipo di generale avventuriero, bell'uomo, tipicamente italiano. Un generale che faceva la corte alle signore, lasciava intendere che i suoi carri armati avrebbero protetto Roma da qualsiasi invasione, e si alzava sempre da tavola prima che la colazione fosse finita per andare a ispezionare le truppe nei Castelli: ispezione, suppongo, che poteva essere fatta a qualsiasi ora. Ma il generale Carboni mescolava il gusto della disciplina e della regola militare al piacere della mondanità, e sono certa che immaginava se stesso come un moderno Rhett Butler.

Raimondo parlava del suo generale Carboni con estrema obbiettività. Rideva delle sue debolezze snobistiche, ma, al tempo stesso, aveva fiducia nelle sue qualità di comandante. Tanto lui che Galvano partecipavano a incontri con gli alleati, e a tentativi di negoziare un armistizio che avrebbe comportato la caduta del fascismo e un voltafaccia contro i tedeschi. Siccome tutti questi negoziati avrebbero dovuto essere segreti, non ne parlavamo che di sfuggita.

Raimondo mi parlava della sua ragazza. Di quanto era perfida, di quanto lo facesse soffrire. Come lo pregasse di andare da lei per poi rifiutare di riceverlo, o magari per farsi trovare a letto con un altro. Finiva sempre col dirmi quanto desiderava guarire e sposarmi. Lo ascoltavo. Mi domandavo se mai lo sfiorasse l'idea che potessi soffrire anch'io.

Qualche volta, mentre attraversavo la città in bicicletta, andavo a trovarlo al Grand Hôtel. Viveva con una specie di mostro che gli faceva da cameriere, un nano dal gran testone oblungo che si gloriava continuamente delle sue conquiste amorose. Per di più, Raimondo si era anche fatto amico di un medium che prediceva con esattezza quello che sarebbe stato scritto sul bollettino di guerra dell'indomani, che accendeva le candele con lo sguardo, e che leggeva le lettere in tasca agli altri. La camera era sempre piena di gente, immersa nel più completo disordine.

Un pomeriggio il portiere mi disse di aspettare. Chiamò col centralino la stanza di Raimondo e mi disse che il principe era uscito. Pensai di lasciare libri e cartella nella sua camera e di tornare più tardi. La porta era chiusa a chiave e, di colpo, tutto mi fu chiaro. Scagliai con violenza la cartella contro la porta e me ne andai. Da un telefono pubblico chiamai Raimondo sulla sua linea privata.

« Nini, » ha detto « ti prego; questa povera donna che era qui è quasi morta dalla paura. »

« Ma perché mi dici di venirti a trovare, quando sai che sarai a letto con un'altra? »

142

« Veramente, Nini, come potevo sapere che sarei stato a letto con questa donna? Sii ragionevole. Vieni a prendere la tua cartella e non essere gelosa; non è da te. »

Sono andata a prendere i libri e mi ha raccontato che la donna piangeva e tremava di paura mentre si rimetteva i vestiti. Alla fine, come sempre, ridevamo tutti e due. A volte uscivamo a pranzo insieme, ma io avevo troppo da studiare per potermi permettere il lusso di aspettarlo interminabilmente. Aveva affittato un taxi in sostituzione dell'automobile e, come sempre, me lo trovavo in casa, in camera mia, alle ore più impensate.

Maria Sole non parlava mai molto, ma, una sera, dopo che Raimondo se n'era andato, accorgendosi che avevo le lacrime agli occhi ha abbassato il suo libro e mi ha detto: « Non capisco perché continui a vederlo », poi si è rimessa a leggere.

XLVIII

Con Maria Sole ci siamo avviate, in bicicletta, al nostro esame di maturità. Erano i primi di giugno. Il tema che ci fu proposto suggeriva il concetto che il soldato italiano poteva forse essere battuto, ma non oggi, quando "dietro l'esercito c'era la nazione".

Tre giorni per gli scritti, italiano, latino, greco; poi gli orali in due sessioni a distanza di una settimana. La mia prima prova orale riguardava le materie scientifiche; il risultato è stato un tale disastro che sono tornata a casa singhiozzando.

Mia madre ha preso in mano la situazione.

« Sei esausta, » ha detto « e qui peggiorerai ancora. Prendi il treno e vai a Forte dei Marmi; rimani una settimana, dormi, nuota, riposa, studia e poi torna per il prossimo esame. »

Portai con me il mio ripetitore. Era un ragazzo ebreo che per via delle leggi razziali non poteva avere un incarico a scuola. Mi aveva assistito in casa fra una lezione e l'altra. Era di un'intelligenza eccezionale e sapeva insegnare tutte le materie. Era riuscito a farmi amare perfino la matematica, che da sempre era il mio punto nero. Mi consolava quando ero depressa e mi guardava con due occhi giallastri e tristi di cane. Stavamo seduti sulla stessa poltrona, sotto i pini, coi libri aperti sulle ginocchia.

L'ultima materia, storia dell'arte, l'abbiamo ripassata tutta, in treno, ritornando a Roma.

Quando mi sono presentata alla seconda commissione ero abbronzata, riposata, allegra. Gli esami erano pubblici e mentre lasciavo il tavolo di esame saltellando di felicità mi accorsi di un ufficiale che aveva viaggiato nel mio scompartimento, il giorno precedente.

« Mi divertiva talmente l'idea che lei preparasse un esame ieri, in treno, che non ho resistito alla tentazione di venire a vedere come andava. Vedo che è contenta. Son contento per lei. » Se n'è andato, sorridendo, e non l'ho mai più visto, non ho mai saputo chi fosse.

Sono usciti i voti. Ero stata promossa, Maria Sole anche. A lei non sembrava importare molto; io ero così raggiante che camminavo per le strade e trovavo che tutti erano bellissimi. Scoprivo occhi lucenti, labbra che sorridevano, pelli smaglianti; scoprivo Roma immersa nel sole e la gioia di non avere niente da fare. Adesso mi sarei messa a leggere, adesso avrei studiato medicina, adesso la mia vita avrebbe avuto un senso.

L'unica spina era che mi vergognavo di far vedere la mia felicità al mio ripetitore ebreo.

XLIX

Gianni era tornato in volo dalla Tunisia con gli ufficiali del suo reggimento. Durante il viaggio erano stati mitragliati, il capitano era morto, altri erano feriti. Lui era incolume, tornava a Torino a lavorare alla Fiat. Era arrivato nel mezzo della notte, inaspettato e, come al solito, molto "aloof". Ci eravamo affollati tutti nella camera da letto di mammà. Gianni era vestito da ufficiale e intorno tutte noi in camicia da notte. Le cameriere avevano pianto.

Il mio eroe della Marina era stato finalmente decorato dal re. Portava la medaglia d'oro nascosta sotto il risvolto della giacca in modo che non si mettessero tutti sugli attenti quando passava. All'eroe era dovuto il saluto. Gli ho chiesto come ci si sentiva quando ti decoravano su un palco con grande pompa. Mi ha risposto che lui si ricordava un gran mal di pancia.

In casa arrivava gente che, prima, non si era mai vista; ufficiali di marina, diplomatici, vecchi uomini politici. Parlavano tutti di qualcosa che doveva succedere e cambiare le cose, ma ognuno aveva un piano diverso e idee differenti e tutti avevano giurato di tenerle segrete.

Mia madre ha deciso di mandare i miei fratelli e sorelle in Svizzera dove avrebbero potuto continuare le scuole. Clara era già là, con sua figlia, mentre Tassilo era in Italia. Siamo rimaste, mammà, Lotti ed io ad aspettare gli eventi.

La Sicilia è stata invasa, i bombardamenti erano più duri. Seppi infine che cosa nascondevano tutti quei complotti. Mussolini fu messo in minoranza dal voto del Gran Consiglio e poi arrestato. Badoglio lo sostituiva. Galeazzo aveva votato contro il suocero.

La gente credeva che disfandosi di Mussolini la guerra sarebbe finita. Ma si dimenticavano due particolari: che quelli che votavano contro Mussolini erano fascisti: e che i tedeschi, nostri alleati, potevano invadere tutta l'Italia nello spazio di pochi giorni.

L

"La guerra continua", le tre parole che Badoglio aveva proclamato alla radio dopo che il re lo aveva nominato successore di Mussolini, avevano gettato il paese nella disperazione.

Facevo servizio all'ospedale nel padiglione dell'Aeronautica. I soldati e gli ufficiali feriti non sapevano che cosa sperare né che cosa aspettarsi. Tutti avevano paura di essere chiamati fascisti in un paese dove per andare a scuola o all'università, per diventare infermiere, per avere un lavoro, per essere ufficiali o professori bisognava per forza essere fascisti. Gli antifascisti erano fuori d'Italia o in prigione o al confino.

Nella corsia un soldato ha estratto una tessera del partito comunista e si è messo a dare ordini a tutti. Non è stato popolare. Per la prima volta Raimondo è apparso in uniforme. Era stato nominato ufficiale d'ordinanza del generale Carboni. Aveva una macchina e tutto il giorno stava al volante per andare a ispezionare i carri armati della divisione corazzata agli ordini del generale Carboni che avevano il compito di difendere Roma.

Raimondo era stanco e preoccupato. Diceva che la divisione corazzata era in condizioni perfette, che il morale della truppa era eccellente, che il suo generale era un buon comandante pieno di coraggio e amato da ufficiali e soldati. Poi aggiungeva che, naturalmente, nessuno sapeva con esattezza che cosa sarebbe successo. Il generale Carboni era certo che Roma sarebbe stata brillantemente difesa.

Ogni giorno apparivano nelle vie della città e sulle strade che conducevano al Sud nuovi soldati tedeschi. Era ovvio che andavano a difendere la Sicilia dall'invasione alleata.

Ho visto il mio eroe, partiva con il suo cacciatorpediniere. L'azzurro dei suoi occhi era come l'azzurro dei nastrini delle decorazioni sulla divisa azzurra. Era calmo e bello. Avrei voluto che mi amasse. Mi dava una sensazione di forza e di sicurezza. Sapevo che avrebbe fatto la cosa giusta. E adesso andava via.

I trasporti e le comunicazioni erano diventati così difficili in città, che la maggior parte dei medici dormivano in ospedale.

Facevo il servizio di notte. Era un'estate calda e afosa. La sera ci siedevamo a chiacchierare, senza sapere che cosa il domani ci avrebbe portato. I medici dormivano con le finestre spalancate per lasciare entrare l'aria della notte.

Quando l'alba rischiarava il cielo entravo a chiudere le persiane, poi facevo i letti dei feriti e tornavo a casa.

Con Raimondo siamo andati a trovare Galeazzo. Stava nel suo appartamento ai Parioli, praticamente agli arresti. Edda riceveva i suoi amici in una stanza e Galeazzo i suoi amici in un'altra. Era imbarazzante e difficile. Galeazzo era nervoso, ma contento di vederci. Ha accennato, ridendo (o piuttosto ghignando) a quanti dei suoi amici non si erano più fatti vedere o sentire da quando era caduto in disgrazia.

« Sentiamo, Suni, tu che dici la verità, » mi ha sfidata « credi che mi uccideranno? »

Ho sorriso perché le mie parole avessero un suono meno atroce.

« Credo di sì, Galeazzo. »

« E chi credi che mi ammazzerà, i tedeschi o gli alleati? »

« Temo sia gli uni che gli altri », gli ho risposto con sincerità, e già me ne pentivo. Lo vidi impallidire.

« Ricordati una cosa, Suni, » mi ha detto « se ammazzeranno me, ammazzeranno anche te. »

« Questo può essere. »

Gli presi la mano e gli consigliai di partire, rifugiarsi in Spagna. Sapevamo che i suoi compagni d'armi dell'Aeronautica avevano un apparecchio per portarlo in volo verso la salvezza; a quel momento avrebbe potuto, anche, con facilità, raggiungere l'aeroporto in automobile. Ma lui non voleva fuggire; era persuaso che in una maniera o in un'altra la situazione si sarebbe evoluta a suo favore.

Prima di lasciarlo, lo abbracciai.

« Ma, perché, » ho detto a Raimondo, mentre mi riportava a casa « perché diavolo non va via, adesso, quando è ancora in tempo? »

Galeazzo aveva pochissimo senso della realtà e nessun talento nel giudicare le persone. Avrei tanto voluto poterlo aiutare; erano infinite le volte in cui lui aveva aiutato gente per cui io avevo intercesso, quando una sua parola poteva cambiare il destino di una persona dalla morte alla vita. Ma era ancora circondato da gente che lo adulava. Lo assicuravano che era amato da tutti e che, certamente, la sua vita non era in pericolo.

In silenzio Raimondo ha guidato fino a casa e io sono tornata all'ospedale.

LI

Facevo servizio nel padiglione dell'Ospedale Littorio destinato all'Aeronautica. Mammà veniva a darci aiuto; l'ho scoperta che rifaceva i letti degli infermieri al posto di quelli dei malati e l'ho presa in giro. « Perché no, » ha sorriso « poveri ragazzi. » Parlava ai soldati e ai loro parenti immedesimandosi a tal punto nei loro problemi che, finalmente, l'ho pregata di non tornare mai più. Invece, rientrando a casa, mi sedevo sul suo letto e le raccontavo tutto quello che la notte aveva portato.

Avevo amici arruolati nell'Aeronautica che mi supplicavano di ottenere loro un certificato medico in cui fossero dichiarati in licenza di convalescenza. A che cosa sarebbe servito, adesso, morire? Qualche volta riuscivo ad ottenerlo. Ma la guerra continuava. Il bollettino di guerra annunciava che il sergente Baldetti aveva abbattuto tre aerei alleati nel cielo di Napoli prima di lanciarsi col paracadute dal suo apparecchio in fiamme.

Tardi nella notte si è aperta la porta dell'ospedale ed è entrato un gruppo di ufficiali piloti e di avieri con, in mezzo a loro, un ragazzo biondo, giovane, bello, in tuta di volo. Lo aiutavano a portare il paracadute e sembravano preoccupati e ansiosi.

« Questo è Baldetti, » hanno detto « il pilota che è

stato citato nel bollettino di questa mattina. È sotto shock. Curatelo. »

Si è sparsa la voce nelle corsie e tutti quelli che erano in grado di camminare sono usciti a festeggiare il ragazzo che sorrideva, timido e esausto.

L'abbiamo messo a letto; aveva fame, la cucina era chiusa e tutti i feriti che avevano un uovo o un biscotto messi via per sé, lo hanno tirato fuori per lui. Era molto nervoso. Gli hanno fatto un'iniezione calmante perché si addormentasse. Mi ha chiesto di tenergli la mano; mi sono seduta accanto al suo letto con la sua mano tra le mie. Non dormiva, di tanto in tanto si assopiva, poi apriva gli occhi e mi guardava fisso, con un sorriso.

Quando me ne sono andata mi ha detto: « Tornerà stasera, vero? Me lo promette? ».

Nel corso della giornata fu decorato dai tedeschi e proposto per la decorazione dagli italiani. L'indomani sarebbe tornato a casa in licenza. Mi ha chiesto di andarlo a salutare alla stazione; il suo treno partiva alle sei di pomeriggio.

All'indomani, di mattina presto, Raimondo mi ha chiamato a casa: aveva la voce agitata.

« Non uscire di casa questo pomeriggio » mi ha detto.

« Perché? »

« Non posso spiegartelo, ma ti proibisco di uscire. »

« Io uscirò, invece. Vado alla stazione. »

« Tu non uscirai. Te lo proibisco, hai capito? Adesso devo andare. È importante; non devi uscire. »

« Ciao », ho detto. Era l'otto di settembre.

LII

Baldetti mi aspettava davanti a un caffè. Era in divisa grigio azzurra con il nastro della croce tedesca intorno al collo; un aviere, in piedi, tre passi dietro di lui, gli portava le macchine fotografiche.

Era il ritratto di un perfetto sottufficiale; pulito, giovane, decorato.

Non avevamo molto da dirci e io avevo una gran paura di essere incrociata da una delle ispettrici della Croce Rossa. Era severamente proibito incontrarsi fuori dall'ospedale con i militari ricoverati e ancora più proibito farsi vedere in borghese. E io avevo indosso un vestitino di cotone.

Una vecchietta ha tirato la figlia per la manica: « Guarda, deve essere il pilota che ha abbattuto tutti quegli aerei. C'era la sua fotografia sul giornale, stamattina ».

« Non mi sembra » ha risposto l'altra. « Questo è più bello. »

« Ma sì che è lui. Guarda la decorazione che ha al collo. È nuova nuova. »

Ci facevamo strada tra la folla seduta sulle valige e sui fagotti, fra quelli che si affrettavano e quelli che si attardavano, parlando; era come una piazza di mercato. Tenevo stretto il manubrio della bicicletta per paura che me la rubassero; Baldetti mi diceva che mi avrebbe scritto, che non mi avrebbe mai dimenticata. Ci siamo stretti la mano, poi lui si è voltato sventolando il braccio; ho pensato a sua madre che, felice, l'avrebbe visto ritornare, vivo e famoso.

Fu mentre tornavo in bicicletta per via Nazionale, che cominciai ad accorgermi di grappoli di gente in piedi davanti ai caffè ad ascoltare la radio. Gruppi di persone uscivano dai negozi, correvano, poi si fermavano di colpo sbalorditi. Ho sentito la parola "armistizio" e mi sono ricordata della telefonata di Raimondo; inspiegabilmente tutti sembravano preoccupati, nessuna esplosione di gioia. Pedalavo sempre più forte per arrivare a casa; le strade erano affollate; non si vedeva un tedesco.

Mammà mi ha detto che Raimondo aveva telefonato, voleva sapere dov'ero. Chiedeva che io lo chiamassi dall'ospedale.

All'ospedale trovai ufficiali, soldati, medici, inservienti radunati in corridoio. Un ragazzo a cui era stata amputata una mano era appoggiato a una finestra con la testa sul braccio; singhiozzava. Gli ho messo una mano sulla spalla. « Cerchi di capire » mi guardava attraverso le lacrime. « Le avrei date volentieri tutte e due le mani per l'Italia. » Alcuni erano contenti, alcuni erano tristi, ma tutti aspettavano che qualcuno dicesse loro che cosa dovessero fare. Badoglio aveva annunciato l'armistizio, ma nel suo comunicato era inserita una criptica frase che invitava i soldati italiani a reagire con la forza qualora fossero stati attaccati dal nemico. Chi era il nemico? Chi avrebbe attaccato? Questo era un indovinello che ciascuno doveva risolvere da sé.

Abbiamo passato la notte a un centralino collegato in linea diretta con alcune località fuori Roma, ma, chiunque chiamassimo, la risposta era sempre la stessa: "Non sappiamo. L'unica cosa da fare è aspettare".

Finalmente sono riuscita a entrare in contatto con Raimondo. « Non preoccuparti, » mi ha detto « tutto andrà bene; verrò a trovarti appena potrò, vedrai che tutto andrà bene. »

Me lo diceva con tanta insistenza che ho capito che tutto sarebbe finito nel peggio.

I tedeschi sparavano, uccidevano, occupavano caserme. A casa m'imbattei in un gruppo di carabinieri che saltando dal muro in fondo al giardino erano fuggiti dalla caserma di via Garibaldi. Cercavano vestiti borghesi per sfuggire alla cattura. Da noi c'erano pochi pantaloni e camicie da uomo, ma la gente che abitava di fronte, sfollati dalle città bombardate, portarono tutto il loro vestiario. Era doloroso lo spettacolo di tanti giovani che si strappavano di dosso l'uniforme e la gettavano in terra per ripartire in camicia con le maniche arrotolate, facendo finta di essere tutti civili. Per lo più non avevano idea di dove andare. Se avevano famiglia raggiungevano la stazione e cercavano di salire sul primo treno che li avrebbe portati più vicini a casa o camminavano per le strade sperduti, sperando di trovare qualcuno che desse loro un ordine.

Raimondo è arrivato con la sua macchina, siamo andati in giro per Roma. Qua e là gruppi di soldati stavano combattendo contro i tedeschi.

« Ma io credevo che il tuo generale dovesse difendere Roma », ho detto. « Dov'è? »

« Non puoi capire. Gli alleati dovevano arrivare. Qualcosa non ha funzionato. »

Era così disperato che non ho voluto insistere. Stavo seduta sul sedile della macchina fissando la gente che camminava senza meta come se un terremoto avesse distrutto le loro case e la loro vita.

LIII

Ha suonato il campanello. Due uomini in borghese, con due valige. Si sono fermati nell'ombra dell'entrata, ai piedi della scala.

« Sono il generale Carboni, » ha detto il più vecchio dei due « e questo è mio figlio. » Il figlio ha salutato chinando la testa. « Abbiamo bisogno di un rifugio. Vorremmo stare qui fino a che la situazione non si chiarisce. È pericoloso che ci vedano in giro. I tedeschi stanno catturando tutti. »

Mia madre stava scendendo le scale.

« Va bene, generale, » ha detto « entri, venga di sopra. Ho paura che dovrà dividere una camera con suo figlio. Questa casa non è molto grande, sa. »

« Lo so, ma è fuori mano e a nessuno verrà in mente di cercarci in Trastevere. »

È arrivato Raimondo, era in uniforme. Il generale gli si è rivolto con tono autoritario.

« Segua la colonna del re e chieda ordini. Dica che io sto aspettando ordini. Voglio sapere che cosa devo fare. »

Raimondo si è messo sugli attenti: « Sì, signor generale ». Mi ha messo il braccio intorno alle spalle, mi ha baciata, ha detto « Tornerò », ed è partito al volante della macchina.

È tornato, molte ore dopo, ridendo in maniera convulsa.

« Hanno detto di dirle di arrangiarsi, di fare quello che può. Avrebbe dovuto vederli. » Era agitato, quasi isterico.

Finalmente si è calmato, si è tolto gli stivali e ci ha descritto la sua folle corsa all'inseguimento della colonna lanciata verso Pescara. Li aveva raggiunti grazie a un passaggio a livello.

Era sceso dalla macchina, e, correndo, si era precipitato in cerca di Badoglio. C'erano tutti: il re, la regina, i generali. Finalmente aveva trovato il maresciallo.

« Sono l'ufficiale d'ordinanza del generale Carboni. Il generale aspetta ordini. Mi ha mandato a chiedere ordini: che cosa deve fare? »

Qualcuno era sceso dalla macchina, un gruppetto si era riunito a parlare, discutendo sul da farsi; ma, in quel momento, era apparso il treno. Erano saltati tutti nelle automobili, il passaggio a livello si era alzato e tutta la colonna era ripartita a gran velocità, mentre Badoglio e un altro generale, con la testa fuori dal finestrino, gridavano: « Gli dica di fare quello che può, che si arrangi ».

Raimondo si piegò in due. « Di arrangiarsi; ha capito? Le macchine mi passavano davanti accelerando e loro gridavano "di arrangiaaarsi", mentre mi salutavano con la mano fuori dal finestrino. Sono rimasto a guardarli, finché li ho visti sparire nella polvere sollevata dalle ruote. »

LIV

Il centralinista ha chiamato una sentinella di guardia sulla spiaggia di Anzio.

« Che cosa succede? »

« Niente di speciale. »

« Vedi qualcosa? »

« Sì, dei soldati che camminano sulla spiaggia. »

« Soldati? Sono alleati? »

« Non sappiamo, potrebbe darsi. »

Un'ora dopo abbiamo richiamato. « Allora? »

« No; sembra che siano tedeschi. »

Qualsiasi cosa succeda al di fuori, un ospedale è sempre un luogo dove c'è chi muore e chi va curato; così continuavamo a lavorare cercando di consolare i soldati e rassicurandoli che finché si trovavano in ospedale non correvano alcun pericolo.

Sono tornata a casa e ho trovato due ospiti nuovi. La madre di Raimondo, che aveva lasciato il Grand Hôtel, e un amico di un amico di mia madre che diceva di essere incaricato di organizzare i quadri del partito comunista. Era anche lui in cerca di un rifugio. Stava in permanenza al telefono e non voleva che si sapesse che era in casa.

Il generale Carboni, conosciuto l'arrivo di costui, ha pregato che la sua presenza fosse tenuta segreta. Le cameriere dovevano portare a entrambi la colazione e il pranzo in camera. Se poi i due si affacciavano sul terrazzo, scambiatasi un'occhiata, rientravano precipitosamente a nascondersi.

Il generale Carboni si avvicinava a mia madre e le sussurrava: « Non crede che potrebbe esserci qualcosa fra di noi, donna Virginia? Lei è così affascinante ».

« Non vedo come ne troveremmo il tempo, generale » rispondeva mia madre con un sorriso, piegando la testa.

La radio ha annunciato che il generale Calvi di Bergolo, genero del re, avrebbe assunto il comando di Roma. Il generale Carboni è apparso sollevato. I tedeschi diramavano comunicati in cui chiedevano a tutti gli appartenenti alle forze armate di presentarsi al quartier generale.

Come una raffica, entrò dalla porticina un uomo che non avevo mai visto. « Dov'è sua madre? Le dica che sono il colonnello Giaccone. Sono appena riuscito a saltare dal treno su cui i tedeschi stanno trasportando il mio comandante, il generale Calvi di Bergolo, come prigioniero in Germania. Ho bisogno di essere nascosto. »

Si trovò un letto anche per il colonnello Giaccone. Anche lui telefonava: anche lui voleva essere in incognito.

Non riuscivo a capire perché i nostri ospiti non si riunissero invece di stare ognuno per conto proprio in una camera separata a telefonare. Le informazioni di cui disponevano, in realtà, venivano da Iolanda, che andava a fare la spesa al mercato, e da me, che andavo all'ospedale.

Raimondo andava e veniva. Aveva ancora la sua macchina. Sapeva, ormai, che l'intero piano era fallito e che avrebbe dovuto trovare la maniera di cavarsela per conto suo.

LV

Quando Iolanda tornava dal mercato tutti la assalivano. « Che cosa succede? » « C'erano soldati? » « Che cosa dice la gente? » « Gli alleati arrivano? » E dalle risposte di Iolanda dipendeva l'umore delle ore successive.

Il generale Carboni cominciò ad agitarsi. Era ormai evidente che più il tempo passava, più sarebbe stato difficile prendere una qualsiasi decisione. Così rivolgeva continuamente a se stesso la stessa domanda. « Che cosa devo fare? Presentarmi al quartier generale, che non si sa chi sia? Nascondermi? O tentare di raggiungere gli alleati al Sud? »

Era difficile dargli una risposta sapendo che, ovunque si fosse presentato, non sarebbe stato accolto con entusiasmo, e, inoltre, ogni ora persa rendeva la sua posizione più sospetta.

Venne il giorno in cui, al fondo della strada, fu piazzato un soldato tedesco con un fucile mitragliatore tra le braccia. Era un ragazzo sui diciotto anni con chiari occhi atterriti, portava una divisa da paracadutista mimetizzata. Sono certa che non sapeva perché lo avessero messo lì. Era evidentemente terrorizzato. Un gruppo di ragazzini gli si è avvicinato per toccargli i pantaloni che sembravano foglie. Si è messo a gridare spianando il mitra. Le madri hanno tirato indietro i ragazzini, e il mitra è stato puntato anche contro di loro. Allora le donne con i bambini si sono riunite da una parte a guardare, scuotendo la testa.

Sono tornata a casa e ho detto che un soldato tedesco armato era in piedi al fondo della strada. Questa notizia ha risolto i dubbi del generale Carboni. Si sarebbe presentato al quartier generale. Ha chiesto a Raimondo se intendeva seguirlo. Raimondo esitava, gli sembrava una sciocchezza. Hanno ripreso la discussione ancora una volta. Raimondo ha detto sì, poi no.

Eravamo tutti in piedi nell'ingresso. Raimondo ancora in divisa da ufficiale. « Per l'ultima volta, Lanza, » gli si è rivolto il generale Carboni « viene o non viene con noi? »

« Mi dispiace, signor generale, no. »

« Raimondo! », si sentì gridare.

« Che cosa c'è, mammà? »

« I tuoi piedi. Sei scalzo. Stai parlando al tuo generale senza stivali. »

« Mammà, ti prego, i miei stivali sono stretti e mi fanno male ai piedi. E, oltretutto, che importanza ha? Mammà, chi se ne frega degli stivali? »

« Arrivederci », ha detto il generale Carboni. È uscito dalla porta seguito dal figlio, e con la macchina di Raimondo si è dileguato.

« L'arresteranno, » ha esclamato Raimondo « non capisce che per forza lo arresteranno? Io vado al Sud. »

Ma non era facile nemmeno questo. Ormai i tedeschi fermavano i treni e rastrellavano militari e civili.

Il colonnello Giaccone se ne andò via a piedi. Era deciso a passare le linee. Sapeva quello che voleva. Andandosene mi disse: « Se va in Svizzera, dica alla contessa Calvi di Bergolo che suo marito si è comportato da signore, e da soldato ». Poi, così com'era arrivato, è uscito a passo di bersagliere. Anche il comunista amico dell'amico scomparve, non aveva più nessuno a cui telefonare.

Raimondo era incerto, lo portai con me all'ospedale e lo nascosi in cantina. Ho chiesto a un ufficiale ferito, che era un amico, di portargli qualcosa da mangiare spiegandogli che stava aspettando il momento di partire per il Sud.

L'ufficiale è tornato. « Dovresti dire al tuo amico di cambiarsi la camicia di seta e di togliersi il braccialetto d'oro, se vuole che i tedeschi lo scambino per un contadino. » Quando l'ho ripetuto a Raimondo si è messo a ridere. Aveva solo camicie di seta.

Ho portato via da casa le rivoltelle, le bombe a mano, e le ho consegnate agli ufficiali in ospedale.

Una mattina, all'alba, ho detto "addio" a Raimondo. In cima al Gianicolo, sotto il monumento a Garibaldi. Era in bicicletta, aveva un fazzoletto legato al manubrio come un contadino e portava la camicia di seta e il braccialetto d'oro.

Mai come ora, pensai, sembra un ragazzo. Un ragazzo felice, che parte per le vacanze in bicicletta.

« Stai attenta, Nini, non fare sciocchezze. » Ci siamo baciati e se n'è andato, ridendo sotto gli alberi.

LVI

« Che cosa fai qui, Virginia? »

In casa, ormai, erano rimaste solo mia madre, Lotti e le cameriere. Non sapevamo che cosa fare. Tutti i nostri amici erano nascosti, o in fuga, oppure non rispondevano al telefono e fingevano di non essere a Roma. Discutevamo. Mia madre insisteva perché io raggiungessi in Svizzera i miei fratelli.

« Vieni con me, » disse un pomeriggio « andiamo a chiedere consiglio a Max. È un diplomatico e dovrà pure avere più notizie di noi. »

In bicicletta attraversammo il centro di Roma fino a via Ludovisi.

« Non risponde, » ci disse il portiere « ma deve essere in camera. La sua chiave non è qui. »

Andammo di sopra e bussammo alla porta. Nessuna risposta. Bussammo ancora, ripetutamente, finché qualcuno si mosse all'interno. La porta si aprì e Max, in piedi, la riempiva tutta, splendido, lo sguardo sognante, alto nella sua vestaglia di foulard.

« Che cosa fai, qui, Virginia? »

« Voglio un tuo consiglio. »

« Entra » ha detto. « Siediti. Vi conoscete, vero? » Una donna era apparsa alle sue spalle, anche lei in vestaglia, i capelli in disordine intorno al volto come un'au-

reola scura. Lei ha preso la mano di lui e sono rimasti
così, la mano in mano.

« Che consiglio vuoi, Virginia? »

« Un consiglio su che cosa fare. »

Parve perplesso. « Che cosa intendi, su che cosa fare? »

« Voglio dire, i tedeschi, gli alleati, l'armistizio. Che
cosa facciamo? »

Gli occhi di Max si spalancarono, diventavano sempre
più grandi. « Ma di che cosa stai parlando? »

« Non avete ascoltato la radio? » mi sono intromessa.

« No. »

« Non siete usciti dalla settimana scorsa? »

« No. »

« Allora, mammà, è meglio che gli spieghi. »

Una settimana. Ero sconcertata. Questi due si erano
amati per tutta quella settimana al centro della città. Non
avevano parlato a nessuno, visto nessuno, non avevano
ascoltato la radio, non avevano alcun interesse se non
l'uno per l'altro. Non sapevano che tutti là fuori erano
divisi da dubbi, esitazioni, incertezze; che la gente moriva
e fuggiva; che veniva uccisa, deportata: che il futuro si
giocava in ogni secondo che trascorreva mentre loro si
tenevano tra le braccia e conoscevano solamente questa
camera, questo momento, questa realtà. Non ho mai in-
vidiato tanto nessuno.

LVII

Maria Sole abitava con Clara vicino al lago di Ouchy e io avrei diviso con Cristiana un piccolo appartamentino.

Ho chiesto l'iscrizione al primo anno di medicina. Maria Sole era già stata ammessa a chimica.

All'Ispettorato Nazionale della Croce Rossa mi avevano chiesto di entrare in contatto con la principessa di Piemonte per attestarle lo spirito di fedeltà e devozione di quelli che erano rimasti a Roma. Mi avevano anche consegnato una lettera.

Ho ottenuto dalle autorità svizzere il permesso di visitare la principessa Maria Josè nel villaggio di montagna dove viveva nascosta. Una dama di corte mi aspettava alla stazione. Era una donna vecchia e triste, disorientata in quel freddo autunno svizzero intriso di foglie e pioggia.

Abbiamo raggiunto l'albergo. Ho aspettato in un salottino da pensione di famiglia finché non è arrivata la principessa di Piemonte. Era molto bella e più timida che mai, il suo sguardo chiarissimo perduto in una lontana visione.

Ho fatto l'inchino, le ho baciato la mano, le ho consegnato la lettera, e le ho dato il messaggio. Ha sorriso con tristezza e due o tre volte mi ha detto "grazie".

Le ho chiesto di trasmettere alla contessa Calvi il messaggio del colonnello Giaccone. È apparsa sorpresa.

Poi, improvvisamente, con un grande sforzo, mi ha chiesto: « Lei sa dov'è Sua Maestà? ».

Ero talmente stupita che ho mormorato: « Veramente, sì. È al Sud ». Poi, timide e imbarazzate, siamo rimaste a sedere per alcuni minuti in silenzio prima che lei si alzasse per congedarmi.

Dovevo aspettare il treno che mi riportasse a casa e la dama di corte mi ha portata a vedere i bambini.

Erano il puntuale avverarsi del sogno di un aspirante fotografo di bambini reali. Erano quattro, quasi coetanei, bellissimi, con lo "sweater" uguale di colore chiaro, e in esilio.

Stavano facendo i compiti. La dama di corte era anche la loro insegnante. Mi fece vedere con orgoglio che il biondo principe di Napoli con gli occhi azzurri, seduto a un tavolino di vimini in fondo al letto, stava disegnando una bandiera d'Italia.

Cristiana andava a scuola. Al mattino uscivamo di corsa per acchiappare il trolleybus che ci portava alla città alta. A colazione Clara e Maria Sole ci raggiungevano nell'appartamentino e mangiavamo latte e cereali che si potevano comprare senza tagliandi. Poi tornavamo in classe.

Alla sera facevamo il bagno caldo e mangiavamo dentro il letto matrimoniale, Cristiana ed io, una minestra bollente per tenerci calde durante la notte. Lei aveva intorno tanti ragazzi a cui io scrivevo, a suo nome, meravigliose lettere d'amore. Io non avevo nessuno a cui scrivere.

Le notizie arrivavano frammentarie. Il mio eroe dagli occhi azzurri aveva portato il suo cacciatorpediniere davanti alla costa spagnola, aveva sbarcato il suo equipaggio, marinai e ufficiali, poi aveva affondato la nave. Erano finiti tutti in una prigione neutrale. Raimondo aveva raggiunto Brindisi; la madre di Topazia era stata arrestata dai tedeschi; Cini era stato deportato a Dachau. In Italia regnava un'inarrestabile confusione.

Ogni giorno nuovi italiani attraversavano la frontiera sconfinando a piedi nel territorio svizzero. Venivano raccolti in campi o in alberghi e veniva loro permesso di frequentare l'università solamente se dimostravano un serio interesse per lo studio, garantito da cittadini svizzeri.

Dappertutto era ostilità. Gli svizzeri non amavano gli italiani. Il loro punto di vista era comprensibile, se si considerava che dovevano nutrire altre bocche con le loro riserve, senza per di più sapere quanto a lungo la guerra avrebbe potuto durare.

Gli ebrei erano ostili a chiunque non fosse ebreo, considerando che avrebbe dovuto rimanere in Italia chi, non essendo ebreo, non rischiava la vita. Tutti detestavano chiunque avesse qualche soldo o chi potesse vivere fuori da un campo o chi fosse entrato in Svizzera legalmente. Questi ultimi venivano considerati, comunque, traditori.

Studiavo. Disegnavo amebe e cromosomi, pistilli e foglie, passavo lunghe ore nelle formule di analisi chimica e negli esperimenti di fisica, cercando di non pensare al mondo che mi stava intorno.

Le domeniche erano il giorno peggiore. Facevamo colazione da Clara, dopo la messa, e squallide passeggiate sul quai d'Ouchy. Il lago era piatto, di metallo grigio, le montagne dal lato opposto incominciavano ad essere macchiate di neve sui fianchi e persino i gabbiani avevano l'aria di annoiarsi. Clara riusciva a mettere insieme e a cucinare una colazione decente; con i suoi tagliandi comprava per ciascuna di noi una briochetta salata farcita di burro fresco e religiosamente ce la mangiavamo. Qualche volta andavamo al cinema, altrimenti camminavo pregando disperatamente che arrivasse presto lunedì o che qualcosa, qualsiasi cosa succedesse.

Emilio Pucci ha chiamato da un ospedale vicino alla frontiera. Era fuggito da una prigione, i tedeschi lo avevano torturato. Aveva la testa rotta. Aveva tentato di portare il diario di Ciano in Svizzera. Infine, lo avevano internato in un ospedale. Nel telefono ho udito un "click", poi silenzio e poi più nulla. Giorni dopo mi fu recapitata una lettera. Emilio non era autorizzato a telefonare o a vedere nessuno, insegnava in un collegio di ragazzi, in campagna, e mi supplicava di ottenere un permesso per andarlo a trovare. Era disperato.

Conoscevo il consigliere della Legazione Italiana a Berna e gli ho domandato di aiutarmi a contattare Emilio.

Mi ha ottenuto un appuntamento con il capo della polizia, che conosceva mia madre, e ho preso il treno per Berna. Avevo a un piede una scarpa e all'altro uno "snowboot", perché avevo tali geloni che non riuscivo a infilarmi la scarpa destra. Con le mie sorelle avevamo deciso che due "snowboots", a un funzionario svizzero, potevano apparire irrispettosi.

Per Emilio non si poteva fare nulla. Doveva rimanere sotto falso nome e insegnare in quel collegio. Doveva anche essere riconoscente, considerato il suo caso, che gli fosse concesso di essere alloggiato e nutrito. Forse più tardi mi avrebbero concesso un permesso per fargli una visita. Ho detto "grazie".

Giorgio B., il consigliere di legazione che mi aveva accompagnato mi ha portato a fare colazione a casa sua e poi alla stazione. Quando il treno stava per partire mi ha teso un biglietto. Era il supplemento per viaggiare in prima invece che in seconda. Ero commossa. Era tanto tempo che nessuno mi faceva una gentilezza. Mi vennero le lacrime agli occhi e mi affezionai a lui.

Gli scrivevo lunghe lettere e gli mandavo storie che inventavo; mi telefonava per dirmi se gli erano piaciute, oppure no. Era una "amitié amoureuse". Ero felice di aver qualcuno con cui parlare. Con Giorgio potevo discutere della situazione in Italia, degli avvenimenti, del futuro. Mi dava le notizie che riceveva attraverso la valigia diplomatica del Vaticano, io gli davo la mia disperazione. Quando Galeazzo fu processato, condannato, poi fucilato alla schiena nel cortile di Verona non seppi dire ai miei compagni di università che la morte di Ciano mi aveva colpita. Lo odiavano tutti, era il simbolo del fascismo, e dicevano tutti che gli stava bene. Io lo vedevo come Galeazzo, un amico vanitoso. Lo immaginavo incredulo fino alla fine e fiducioso in qualche gioco magico, in qualche amuleto che lo avrebbe salvato. Giorgio capiva. Potevo almeno dirgli che ero triste.

In laboratorio studiavo insieme a un ragazzo francese di nome Jacques. Facevamo bollire i liquidi nella provetta, annusavamo i fumi che ne uscivano, osservavamo i colori che si alternavano, aggiungevamo gocce velenose, tentando di indovinare la composizione della polverina che ci era stata consegnata. Jacques era un ragazzo forte, e molto, molto francese.

Portava un maglione pesante da montanaro sulla camicia e studiava con estremo impegno.

Annotavamo i risultati delle nostre analisi su grandi fogli a quadretti e li controllavamo ogni 10 minuti paragonandoli e scherzando. Jacques mi ha passato il suo foglio e mi ha indicato tre parole scritte in cima alla pagina. Pronta a ridere, ho letto " Je t'aime" e la risata mi è morta in gola quando ho guardato la sua faccia tesa, le mascelle contratte. Sono arrossita.

« Non hai nessuna reazione? » mi ha scosso per le spalle.

"Réaction rouge" ho scritto sul mio foglio, usando la terminologia chimica, non volendo ferirlo, non volendo perdere la sua amicizia.

Mi sentivo così vecchia. Avevo un anno più di lui e mi sembrava lontano un'eternità. Come facevo a spiegargli?

LIX

Scendevo alla fine delle lezioni le scale che danno su place de l'Université. Imbruniva sulla piazza grigia, nell'aria c'era una nebbia leggera. Ho visto una donna che camminava verso di me, una ragazza grassoccia dal viso tirato e impaurito.

« Lei è Suni Agnelli? » mi ha chiesto.

« Sì. »

« Devo parlarle subito; è importante, è urgente. Non possiamo parlare in mezzo alla strada. Mi dia il suo indirizzo di casa, verrò da lei. »

Ero leggermente preoccupata mentre aspettavo questa strana donna. È arrivata, si è seduta su una seggiola e, mentre parlava, si stringeva le mani, tremando.

« Mi chiamo Hilde B. » ha detto. « Sono tedesca. Lavoro per le SS. »

Mi sono coperta di sudore dalla testa ai piedi.

« Sono stata con Galeazzo Ciano fino alla sua morte » ha proseguito. « Gli ho procurato una fiala di cianuro di potassio. Mi avevano giurato che avrebbe funzionato. Non è morto invece. Si è sentito solo male, così male che lo hanno dovuto trasportare, capisce? », singhiozzò. Poi ha ripreso: « Galeazzo mi ha parlato di lei. Sono stata con lui tutto il tempo che è rimasto in prigione a Verona. Avrei dovuto farlo parlare invece mi sono affezionata a lui. Volevo aiutarlo, cercare di farlo fuggire, almeno risparmiargli la fucilazione. Non sono riuscita nemmeno a questo. Ora lei deve aiutarmi », ha concluso.

« Che cosa dovrei fare? »

« Mi trovi una fiala di cianuro di potassio, una fiala che mi uccida sull'istante, una fiala che lei mi garantisce mi ucciderà istantaneamente. Devo tornare in Italia. Se i tedeschi vengono a sapere, se mi uccidono non mi importa, ma se mi torturano, io so che cosa vuol dire, so che non sarei capace di resistere, non posso affrontarlo. Lei studia medicina. Lei può procurarsela. Per piacere me la trovi, lo faccia per Galeazzo. »

Ho inghiottito. Dove mai avrei trovato del cianuro di potassio? « Ma perché non chiede asilo agli svizzeri? » ho chiesto. « Non le diranno di no adesso che lei è qui, se spiega la ragione. »

« Non posso, » ha mormorato « mio marito è generale sul fronte russo. »

Sono andata da un ragazzo italiano ebreo, che faceva l'assistente al professore di chimica e gli ho detto che dovevo avere, immediatamente, una fiala mortale di cianuro di potassio per una donna che rischiava di essere torturata. Era una partigiana, ho mentito. Di notte, insieme, siamo entrati nel laboratorio, lui ha riempito la fiala, l'ha sigillata con la fiamma e Hilde ne è venuta in possesso.

Di notte mi svegliavo e pensavo alla fiala.

LX

Passavano i mesi. Monotoni e freddi mesi svizzeri. Losanna è una città dove, se uno cammina attraverso place St.-François e risale rue du Bourg quattro volte al giorno, finisce col conoscere ogni faccia che incontra. Quando ci sedevamo a colazione, con le mie sorelle, ci annunciavamo i nuovi arrivati. « Un italiano di mezza età che ha l'aria carina. » « Due ragazzi francesi », poi, mentre la primavera si avvicinava, « Sei americani ». Questi erano o aviatori che si erano paracadutati in Svizzera, o prigionieri che erano riusciti a fuggire. Portavano una divisa militare di color marrone con la bandierina americana sul petto. Gli altri portavano la bandierina sulla giacca borghese e la coprivano tenendoci sopra un libro con il braccio piegato come per caso.

In classe ho scoperto che un ragazzo era italiano dopo mesi che sedevamo sullo stesso banco, e soltanto perché un giorno gli ho chiesto: « Com'è che hai un nome così italiano? ». Era ebreo e si vergognava. Mi sono resa conto che molti altri si comportavano nello stesso modo.

« Ma perché non tornate in Italia a combattere contro i tedeschi? » discutevo con loro. « L'Italia è piena di partigiani che rischiano la vita. Vi basterebbe attraversare a piedi la frontiera e raggiungerli, invece di stare qui tutto il giorno seduti a spiegarci in che modo rifarete l'Italia quando la guerra sarà finita. »

Una nuova discussione è nata quando hanno fatto circolare una petizione contro i tedeschi che avevano occupato l'Università di Oslo. Io rifiutai di firmarla, e dissi che, secondo me, non doveva firmarla nessuno di noi. Non mi sembrava che un italiano che stesse studiando in un paese neutrale, mentre avrebbe potuto combattere in patria, fosse in condizioni di firmare petizioni.

« È facile per te parlare, tu non sei ebrea! » gridavano. Ne nacque una guerra di insulti finché il "Recteur" emanò un messaggio ultimativo. Se non la smettevamo, ci avrebbero proibito di frequentare le lezioni. Diventai la ragazza più odiata dell'Università.

« Quando finisce la guerra non permetteremo mai a un Agnelli di rientrare in Italia, » mi dicevano « sei una fascista. » Io dicevo: « Siete dei vigliacchi ».

A quel tempo mia madre era stata arrestata dai tedeschi e internata nella clinica di San Gregorio. Ci fece sapere di non fare alcuna mossa per aiutarla: avrebbe solamente peggiorato la situazione. Telefonavo a Giorgio. Era gentile e mi consolava assicurandomi che la cosa si sarebbe risolta. Una quantità di signore era stata arrestata e internata a San Gregorio. Erano così tante che si poteva escludere il peggio.

Ogni tanto appariva un partigiano: amici che combattevano con le brigate in montagna e venivano in Svizzera a cercare contatti o a ricevere ordini. Erano nervosi e fanatici. La guerra partigiana è, fatalmente, un insieme di congiure, di appostamenti, di eroismi, di finzioni, di uccisioni, di terrore. Per sopravvivere come uomini bisogna essere estremamente forti.

Ci portavano notizie di altri amici, di quelli che erano stati uccisi o deportati, di quelli che combattevano con gli alleati, dei pochissimi che si erano uniti ai tedeschi. Quando mi dissero, la prima volta, che Urbano Rattazzi stava da quella parte, non riuscii a crederlo. Pensai che ci fosse un errore di persona. Poi mi dissero che era l'aiutante di campo di Valerio Borghese e che combatteva con la Decima sulla testa di ponte di Anzio contro gli alleati. Era l'ultima persona che mi sarei aspettata dalla parte dei fascisti.

Era difficile capire quale meccanismo si fosse scatenato nella mente di ciascuno, dopo l'otto settembre.

Mia madre era stata rilasciata dopo avere subìto un'operazione alla gola. Ci eravamo riviste alla frontiera. Adesso, seduta davanti a lei nello scompartimento, circondate da sconosciuti, ero incapace di trovare le parole per dirle l'unica cosa che avesse un senso: che le volevo bene. Aveva tirato fuori dalla borsa un portafotografie d'oro che si apriva in sette cornicette, in ognuna delle quali era la fotografia di un figlio, e avevo intravisto il marchio delle SS inciso sul bordo.

« Ti prego, mammà. Mettilo via e non tirarlo mai più fuori. »

Alla stazione di Losanna, un'edizione speciale del giornale annunciava che Roma era stata liberata dagli alleati senza sparare un colpo. I tedeschi se n'erano andati senza difendere Roma.

Mia madre si è messa a piangere. « Grazie a Dio, » ripeteva « grazie a Dio. »

Le ho messo un braccio intorno alle spalle e, a piedi, ci siamo avviate verso casa. Mi raccontò allora della sua mediazione fra il Pontefice e il generale Wolff, per negoziare il ritiro delle truppe tedesche da Roma senza combattere e senza minarla. Dopo il colloquio il generale Wolff, in segno di gratitudine, le aveva regalato il portafotografie.

Nella villa del signore italiano che organizzava il contrabbando delle persone attraverso il confine, tutto era misterioso. Anche i pasti avevano un sapore di cospirazione. Uno doveva fingere di ignorare perché le altre persone erano presenti e quale fosse il loro scopo. Si parlava del più e del meno, di che tempo faceva, ma in ogni parola detta, si nascondeva una oscura minaccia, un senso di pericolo.

Io certamente sarei il peggior cospiratore del mondo. Avevo detto "ciao" a mia madre e mi ero decisa a tornare in Italia, pensando a quello che mi aspettava e non a quello che lasciavo dietro di me. Adesso attraversavo il giardino, scendevo fino al lago, e mentre consideravo la stranezza del comportamento umano osservavo l'acqua che cambiava tonalità. Mi stupiva, dei clandestini di quella villa, l'atteggiamento infantile e mi domandavo perché si cerca sempre di far credere ai bambini che tutti gli adulti siano ragionevoli.

Un mattino mi portarono in automobile fino a una fattoria dove una famiglia numerosissima conduceva la sua vita di tutti i giorni. La madre stava cucinando, i ragazzi erano al lavoro nei campi, i bambini giocavano intorno alla casa, le ragazze mettevano ordine. Mi hanno offerto una seggiola; stavo seduta con la sottana a pieghe, la camicia bianca e il golf blu come una scolara che aspetta di essere chiamata alla lavagna. Di quando in quando la madre mi lanciava un'occhiata e scuoteva la testa.

In quell'atmosfera di mistero che regnava alla villa, non ero riuscita a farmi un'idea di che cosa sarebbe avvenuto di me, e con quali mezzi avrei attraversato la frontiera. Avevo pagato una somma di denaro e mi avevano detto che mi avrebbero fatto passare il confine. Aspettavo. Ho incominciato ad avere paura quando ho sentito i figli dei contadini che, parlando fra loro, accennavano al fatto che quest'oggi i soldati tedeschi non si comportavano come di solito, e forse bisognava rinviare. Fui presa dal panico. Che cosa avrebbe fatto Gianni se fosse arrivato al nostro appuntamento e non mi avesse trovata? Era già stato difficile comunicare con lui e non avrei saputo come fissare un'altra data. Mi sono alzata e ho chiesto ai ragazzi che cosa succedeva. Hanno scrollato le spalle: « Se non passa oggi, passerà domani. » « È impossibile! » morivo di angoscia « mi stanno aspettando. »

« E allora? Che cosa vuol fare, farsi ammazzare dai germanesi? » Mi si è seccata la gola. « Devo andare » ho ripetuto.

« Dopo mangiato ci proviamo » e sono tornati al lavoro.

Osservavo la madre che stava preparando la salsa da versare sulla polenta. Aveva cucinato degli uccellini, ne tagliava la polpa che era rimasta attaccata alle ossa, la gettava dentro una pentola dove si sfaceva in un intingolo spesso e scuro.

È arrivata l'ora del pasto e ci siamo seduti tutti intorno alla grande tavola. Mangiavano avidamente e spingevano verso di me il largo vassoio dicendo: « Mangi, mangi. Ne avrà bisogno. Di là non c'è niente da mangiare ».

Non riuscivo a inghiottire: cercavo di sorridere. La madre continuava a scuotere la testa mentre mi guardava.

« Va bene, allora proviamo » ha detto uno dei ragazzi, assonnato, alla fine del pasto. Così ci siamo avviati, a piedi, i due ragazzi e io.

Abbiamo camminato attraverso il bosco finché è apparsa davanti a noi l'alta rete metallica, lì ci siamo accovacciati e abbiamo aspettato finché non abbiamo udito la voce di due uomini che parlavano in tedesco, poi le voci che si allontanavano. Uno dei ragazzi aveva un paio di pinze con il bordo tagliente. Ha tagliato un buco in fondo alla rete e mi ha fatto cenno: « Adesso, vada », ha detto.

Mi sono sdraiata sulla pancia e sono scivolata sotto la rete. Il mio golf si è impigliato sul fil di ferro e quando mi sono alzata le campanelline in cima alla rete hanno fatto "ding, ding, ding".

Ho fatto un salto sorvolando il tratto d'erba di fronte a me e mi sono gettata a terra, col cuore che faceva le capriole contro le costole.

Mi sono alzata, mi sono spazzolata i vestiti, e ho camminato fino alla strada e poi giù verso il paese che vedevo, ora, non lontano. Il mio orologio faceva le due meno un quarto, avevo ancora un'ora prima dell'appuntamento. Poi ho visto l'orologio sul campanile della chiesa che faceva le tre meno dieci e mi sono ricordata che, naturalmente, tra l'Italia e la Svizzera c'era un'ora di differenza.

Due soldati tedeschi risalivano la strada. Hanno detto "hallo" allegramente salutandomi con la mano, io ho risposto "hallo" ridendo mentre mi affrettavo lungo la strada in discesa per non essere in ritardo.

Ho pensato "Che cosa farò, se Gianni non c'è?" Non avevo soldi, né documenti.

Poi ho visto una macchina comparire tra le ultime case

del paese e uscire all'aperto. Mi sono spostata sul centro della strada e ho sventolato le braccia. Quando Gianni mi ha vista si è messo a fare lo slalom sterzando, in una danza di allegria, da una parte all'altra della strada. Ha frenato ai miei piedi e si è messo a ridere.

Ci mettemmo in viaggio il giorno dopo. In prossimità di Firenze, sulla Porretta, una macchina bruciava sul ciglio della strada. Dopo qualche chilometro ne incontrammo un'altra, poi un'altra ancora, in fiamme.

Il passo era sotto tiro. Un aereo aveva preso di mira le macchine che transitavano su quella strada, e, per puro caso, aveva risparmiato la nostra.

Arrivammo a Firenze prima di notte. Strade e piazze erano piene di giovani ufficiali fascisti, tracotanti e spaventati. Portavano i mitra imbracciati, mettevano le bombe a mano sulla tavola quando mangiavano, e avevano maglioni neri col collo alto sotto la giacca. Le uniformi erano costellate di distintivi e gradi sul collo, le maniche, il petto. Sembravano una troupe di ballerini che si preparano a esibirsi in un balletto sulla guerra. Qualcuno ha chiesto a Gianni: « Che cosa ne pensa dei repubblichesi? ».

« Poveretti », ha risposto.

Progettavamo di dirigerci verso una tenuta di mio nonno vicino a Perugia e di rimanere là nascosti finché gli alleati non avessero liberato la zona. Si trattava ormai di pochi giorni. Gli alleati risalivano, se pur molto lentamente, lungo il centro dell'Italia e Monte Corona si trovava quasi sulla linea del fronte.

Abbiamo nascosto i nostri documenti. Portavamo due carte di identità false in cui Gianni e io apparivamo come un fratello e sorella di nome Gino e Sandra Antari.

Il direttore della Fiat di Firenze era un giovane intelligente, e con efficienza ci organizzò la partenza verso il Sud. Scambiammo la nostra macchina con una Topolino giardinetta blu scura. La parte posteriore era colma di taniche di benzina. Un maresciallo tedesco in borghese ci avrebbe accompagnati fino a Monte Corona e in cambio si sarebbe tenuto la macchina per andare al Nord. Un'automobile era, allora, più preziosa di un brillante, e i tedeschi si stavano già chiedendo come sarebbero riusciti ad abbandonare il fronte per evitare di essere fatti prigionieri.

Ripartimmo col buio. Le strade verso il Sud erano ingombre di veicoli militari. Credo che la nostra fosse la sola automobile civile che si dirigesse verso il fronte. Il tedesco era molto autoritario, un vero maresciallo. Insisteva nel voler guidare lui la macchina, sostenendo che, altrimenti, ci avrebbero fermati.

Guidava malissimo. Stavamo tutti e tre pigiati nei sedili davanti. Gianni alzava gli occhi al cielo, stringendomi il gomito ad ogni inutile e brusca frenata. Due o tre volte hanno cercato di fermarci. Soldati tedeschi, con una placca di metallo appesa al collo come i "sommeillers" nei ristoranti francesi, controllavano i libretti degli automezzi e i documenti personali. Il nostro tedesco balzava fuori dalla macchina, correva incontro al soldato coi pugni levati e inveiva con quanta voce aveva in gola. Non ho idea di che cosa gridasse, ma, ogni volta, ci facevano passare. Sulla strada c'erano solo tedeschi. Le colonne erano interminabili. Decidemmo di prendere per una strada secondaria, dove il traffico sarebbe forse stato minore.

Dovevamo proseguire finché era buio, perché di giorno la nostra macchina avrebbe dato nell'occhio e si rischiava che qualcuno ce la requisisse. Avanzavamo su una strada che correva parallela a un canale. Il tedesco era molto stanco, di tanto in tanto si fregava gli occhi per mantenersi sveglio, o per sostenere lo sforzo di guidare al buio. Gianni cercò, ancora una volta, di convincerlo a cedergli il volante. Non volle saperne.

Udii Gianni gridare: « Attento! », un secondo prima che la macchina si rovesciasse cappottando dentro il canale. Avevo la mano fuori dal finestrino, per mantenermi in equilibrio tra i due sedili, tenendomi al tetto. L'ho sentita scricchiolare quando la macchina ha picchiato sul fianco.

C'era poca acqua, siamo usciti strisciando dagli sportelli. « Ti sei fatta male? » ha chiesto ansiosamente Gianni.

« Devo essermi rotta la mano. Tu? »

« Mi si sta staccando il piede. »

Gli ho guardato la gamba. Era vero, la caviglia si era spaccata e l'osso penzolava dentro la calza. Era lungo disteso sul greto, di schiena. Sul volto un'espressione che non era di collera, ma di totale sconfitta.

« Che coglione, » ripeteva « che coglione. Lo sapevo. Glielo avevo detto. »

Non passava una macchina. Ho raggiunto una casa poco lontano, ma quando hanno sentito parlare il tedesco hanno rifiutato di aprire. L'ho convinto a tornare da Gianni e ho chiamato di nuovo gli abitanti della casa.

« Per favore, vi prego, aprite la porta. Abbiamo avuto un incidente. Mio fratello è ferito, è un ragazzo italiano, è tutto bagnato. Prendetelo in casa vostra mentre vado a cercare aiuto. »

Gianni entrò saltellando e si allungò per terra. Tremava, e le sue labbra erano livide. Fu acceso il fuoco perché si asciugasse. Mi sono messa a piangere. Gianni si è messo l'indice sulle labbra facendomi segno con la testa che non mi dovevo comportare così.

Sorrideva. Vedevo che soffriva moltissimo ma non diceva una parola. L'ospedale più vicino era a Foiano della Chiana, a qualche chilometro di distanza. Mi chiedevo come lo avremmo raggiunto. La nostra macchina giaceva nel canale con le ruote per aria e non passava anima viva. Ci siamo avviati, il tedesco e io, camminando sottobraccio nella notte, alla ricerca di qualcuno che potesse venirci in aiuto.

Finalmente abbiamo visto una macchina ferma sul lato della strada, due soldati tedeschi addormentati nei sedili anteriori. Il mio tedesco gli ha parlato ma non hanno risposto. Ha afferrato la testa di quello che dormiva sul volante, tirandolo per i capelli, e gliela ha tenuta sollevata, guardandolo bene in faccia, mentre gli spiegava quello che voleva. Il ragazzo ha aperto gli occhi, ha ascoltato, poi quando il maresciallo l'ha lasciato andare, la faccia gli è caduta sul volante, come un frutto che cade da un albero, e si è riaddormentato.

Abbiamo proseguito. Portavo sotto il braccio la cartella di Gianni piena di biglietti da mille, grandi come lenzuola, che non avevo osato lasciare con lui nelle condizioni in cui si trovava. Abbiamo incontrato altre macchine ferme, altri soldati addormentati. Finalmente abbiamo trovato quello che, in cambio di denaro, è venuto a prendere Gianni.

L'abbiamo portato all'ospedale. Albeggiava quando siamo arrivati davanti alla porta. Due vecchiette, magre magre, con il grembiule bianco molto sporco, sono uscite a prenderlo con una barella.

« Credi che ce la faranno? » mi ha strizzato l'occhio « devono avere novant'anni. »

Hanno appoggiato la barella per terra nel corridoio dove erano sdraiati altri feriti, e se ne sono andate.

Il maresciallo tedesco mi ha detto che avrebbe cercato di recuperare la macchina e di tornare a Firenze. Se ci riusciva avrebbe comunicato alla Fiat quello che era successo. L'ho salutato.

LXIV

Non c'era corrente elettrica, e il fronte doveva essere a pochi chilometri di distanza. Così si spiegava la stanchezza dei soldati tedeschi addormentati in macchina, esausti al punto di non tentare nemmeno la ritirata. Venivano certamente dalla battaglia.

Ho chiesto di un medico. Mi hanno detto che dormiva, che era stanco morto. Avendo operato tutto il giorno passato e tutta la notte, non bisognava disturbarlo. Gianni aveva ripreso a tremare, gli hanno buttato addosso una coperta. Un'ora dopo l'altra passava, non si è mai lamentato finché mi ha tirato per la sottana e mi ha detto: « Ti prego, Suni, fai qualche cosa. Non ce la faccio più ».

Sono entrata nella camera dove dormiva il dottore. Si è alzato a sedere sul letto. Aveva la testa rotonda con i capelli grigiastri, cortissimi, quasi rasati. Mi ha fissato meravigliato. Gli ho domandato di venire a vedere mio fratello; gli si staccava il piede, non ce la faceva più.

Mi ha detto che non c'era niente che lui potesse fare. Non c'era acqua, né corrente elettrica, né materiale di medicazione. Ho chiuso la porta alle mie spalle e l'ho guardato negli occhi. « Senta, » ho detto « stiamo cercando di attraversare le linee. Mio fratello si chiama Giovanni Agnelli. È il vicepresidente della Fiat. Stiamo viaggiando con documenti falsi. Lei può, se vuole, andare a denunciarci ai tedeschi, altrimenti può cercare di salvare la gamba di mio fratello. »

Si è passato la mano sulla testa rasata massaggiandosela dalla fronte alla nuca.

« Bisogna che ci pensi » ha dichiarato.

Poi è venuto a vedere Gianni.

« Chi gli darà l'anestetico se lo opero? »

« Sono infermiera » ho sussurrato, atterrita.

« Va bene, faremo l'operazione, ma dobbiamo aspettare che ci mettano in moto il generatore per la radiografia. »

Ho messo la maschera sulla faccia di Gianni e ho tenuto nell'altra mano la bottiglia del cloroformio come avevo visto fare in sala operatoria. Prima che incominciassi a versarlo dentro il foro Gianni ha mosso le dita in segno di saluto. Avevo paura di addormentarlo troppo e che non si svegliasse più, così ogni tanto si muoveva e il dottore diceva « Gliene dia ancora ». Gli ha tolto tutto l'astragalo e dopo gli ha ricucito insieme il piede. Era molto soddisfatto dell'operazione e io ero molto felice che Gianni fosse ancora vivo.

L'abbiamo messo dentro a un letto e ho pregato che gli alleati arrivassero.

LXV

Gianni si è svegliato lamentandosi. « Mineral Wasser » ripeteva continuamente. Si agitava e voltava la testa di qua e di là. Lo tenevo, per le spalle, dentro al letto.

Le due vecchiette erano le sole infermiere dell'ospedale; l'ospedale sembrava, più che altro, una sala di attesa. Credo che tutti coloro che ancora vivevano in quella zona della Val di Chiana avessero deciso che il luogo più sicuro dove aspettare gli alleati fosse l'ospedale, e con una scusa o l'altra vi si fossero rifugiati. Sedevano sugli scalini, gremivano i corridoi, si affollavano nell'entrata.

Il professor Cirillo era un tipo straordinario. Sembrava duro e severo, aveva una faccia di foca, occhi piccoli e guance grassocce. Era di una bontà eccezionale e non smettevo mai di ripetermi quanto eravamo stati fortunati ad incontrarlo. Entrava nella cameretta, metteva la mano sulla fronte di Gianni, mi rassicurava dicendo « Starà bene; vedrà ».

« Che notizie? » mi chiedeva Gianni.

« Dicono che gli alleati arriveranno presto. »

« Ci credi? »

« Non lo so. »

Ho sentito nascere agitazione nel corridoio. Due giovani in borghese entravano in tutte le camere.

« Eccolo, è qua, finalmente » hanno esclamato irrompendo nella nostra stanza... Il cuore mi scoppiava. Si sono rivolti a me, si sono presentati. « Siamo venuti con un'ambulanza per riportarvi a Firenze. » Erano due ingegneri della Fiat.

« Non a Firenze, a questo punto. »

Si sono avvicinati a Gianni. « Avvocato, » lo hanno pregato « deve venire con noi, è troppo pericoloso per lei rimanere qui. Tra qualche giorno sarà impossibile percorrere le strade. Trovare questa ambulanza è stato quasi un miracolo perché i tedeschi le stanno requisendo tutte. Lei deve andare in un ospedale dove possa essere curato in maniera più efficace. »

Gianni assentì. Io cercai di resistere. Mi persuasero adducendo lo stato di Gianni, la febbre che continuava a salire, e la totale incertezza circa i prossimi movimenti degli alleati. Potevano arrivare tra un giorno, una settimana, forse di più. Chi poteva saperlo?

Abbiamo disteso Gianni sulla barella, ci siamo pigiati nell'ambulanza. Ho salutato il professor Cirillo con gli occhi pieni di lacrime. Spero che abbia capito quanto, per sempre, gli sarei rimasta grata. Abbiamo aspettato che facesse buio prima di avviarci verso il Nord. Finché c'era luce gli aeroplani mitragliavano senza interruzione. Poi ci siamo inseriti in una colonna militare e, a passo di lumaca, abbiamo percorso l'unica strada che portava a Firenze. Ogni dieci minuti ci si fermava. Soldati tedeschi si affacciavano ai finestrini.

Gianni scottava sempre di più. Due volte hanno paracadutato delle fiaccole che illuminavano il cielo e poi hanno lanciato bombe. I soldati abbandonavano le macchine e si buttavano nel fosso sul ciglio della strada. Io sedevo accanto a Gianni.

Non potevamo trascinare la barella dentro il fosso; rimanevamo in attesa, sperando di non venire colpiti.

Quando sono emersi nell'alba grigia gli alberi di viale Michelangelo e abbiamo imboccato la strada dell'Istituto Ortopedico Toscano era come se avessimo viaggiato un anno intero.

I due ingegneri della Fiat che avevano rischiato la vita hanno salutato educatamente e se ne sono andati.

Ho fatto la doccia godendo dell'acqua che mi bagnava la pelle.

LXVI

Avevamo una grande camera con due letti e una finestra che guardava sul parco. In fondo era viale Michelangelo. Molti medici esaminarono la ferita di Gianni. Concordavano tutti che l'operazione era stata un successo. Lo riempivano di medicine, ma Gianni seguitava ad avere febbre e doveva restare immobile a letto.

A Firenze mi curai la mano, fratturata. Avevo trovato nella valigia di Gianni una vestaglia a quadri scozzesi rossi, una vestaglia da uomo. La indossavo perché mi era difficile infilare la mano, ingabbiata nel gesso, in una manica normale.

Un pomeriggio Gianni mi ha detto con infinita malinconia: « Chissà se tu potessi trovare la maniera di non metterti quella vestaglia. Mi ricorda una persona che la portava sempre e mi dà una sensazione strana ».

Si scusava ed era imbarazzato di dover ammettere una commozione di tipo sentimentale. Lo considerava di cattivo gusto.

Le giornate erano interminabili. Non avevo niente da leggere: scrivevo e poi strappavo quello che avevo scritto.

Gianni parlava poco. Non sopportava di trovarsi in condizioni di inferiorità e il fatto di non poter uscire dal letto lo gettava in una sorta di tristezza contemplativa. Mi chiedeva notizie: io non ne avevo.

Una notte bombardarono l'ospedale, e il giorno dopo ci trasportarono dall'altra parte dell'Arno, in una pensione di fronte al Ponte Vecchio. Poi fummo costretti a un altro trasloco, quando i tedeschi fecero saltare tutti i ponti e ordinarono lo sgombero di tutti gli edifici nella zona di Ponte Vecchio. Le case sarebbero state distrutte e le macerie sarebbero servite a ostacolare il passaggio degli alleati.

A quel punto, in tutta Firenze non esisteva più un'ambulanza. Hanno trasportato Gianni su una specie di bara montata su due enormi ruote; la spingevano a piedi due uomini incappucciati. Lo strano veicolo usciva dal museo della Misericordia dove erano conservati gli antichi mezzi di trasporto per gli ammalati. La necessità costringeva ora a farne uso.

Per le strade i passanti pensavano a un corteo funebre. Si mettevano sull'attenti, le donne si facevano il segno della croce. Io camminavo dietro agli uomini incappucciati sperando che nessuno mi riconoscesse nella folla di mezzogiorno di via Tornabuoni. Miracolosamente ci avevano trovato una stanza nella clinica delle Blue Sisters. Non ci avrebbero dato il vitto ma eravamo ben felici di avere un letto. Una vecchia infermiera veniva, al mattino, a portarci qualcosa da mangiare e a fare qualche lavoretto. Gianni la prendeva in giro imitando il toscano. Le diceva « Oh via, e codesti alleati quando l'arriveranno. Son sempre a Tavernelle in Val di Pesa? ». Rispondeva che « la ci sarebbe voluto ancora un anno ».

Invece si sentiva che la liberazione era vicina.

LXVII

Firenze era terra di nessuno. Un gruppo di tiratori scelti tedeschi e fascisti, si diceva duecento, si erano insediati qua e là nelle case sui viali che corrono intorno alla città. Sparavano addosso a chiunque venisse sotto tiro. La gente frequentava solo il centro, dove sapeva di essere fuori bersaglio dei cecchini. Mancava l'acqua: bisognava attingerla ai pozzi. Passavo lunghe ore sollevando il secchio pieno dal pozzo di un giardino vicino alla clinica e versandolo nei recipienti, pentole, caraffe, o secchielli delle donne.

« Sei comunista, vero? » mi ha sussurrato un giorno una vecchia. « Tu sei buona. »

Ho riso. « Porto la camicia rossa, ma non sono comunista. » Mi ha accarezzato i capelli con fede e tenerezza. « Tu sei comunista » mi ha ripetuto.

Tutte le ragazze e giovani donne che si incontravano in strada portavano un bracciale con la croce rossa. Erano infermiere improvvisate. Era circolata infatti la voce che i tedeschi non avrebbero disturbato le infermiere. Certo devono essere stati sorpresi da questa improvvisa invasione di sorelle.

Ogni tanto incontravo qualche amica. Lavoravano tutte per il CLN, la resistenza italiana. Distribuivano fogli con le notizie di Radio Londra alla gente che faceva la coda per prendere l'acqua.

Al tramonto un frate trascinava un carretto in giro per le strade a raccogliere i morti. Dondolava una campanella che produceva un rintocco raccapricciante, di assurda sveglia. I cadaveri venivano ammonticchiati uno sull'altro: una testa sanguinante ricadendo fuori dalle assi lasciava una lunga striscia di gocce rosse. Si diceva che, al cimitero, le bare lasciate all'aperto scoppiassero nel calore di agosto.

I medici si nascondevano. I tedeschi li portavano al Nord. Gianni veniva curato dal vecchio professor Palagi le cui dita erano state in parte mutilate dai raggi X. Arrivava a piedi nel suo camice bianco e, con quello che rimaneva delle sue mani, medicava il piede di Gianni. La ferita migliorava ma l'infezione era sempre viva, la febbre anche.

Una mattina le suore mi hanno domandato se accettavo di portare la bandiera con la croce rossa davanti a una barella che doveva raggiungere una strada sotto tiro di un cecchino. Una donna, in avanzato stato di gravidanza, era uscita sul marciapiede per vedere se il marito, che era andato a cercarle qualche verdura nei sobborghi di Firenze, fosse sulla via del ritorno. Le avevano sparato; era morta qui nella clinica dove erano riusciti a trasportarla e adesso, morta, le suore rifiutavano di tenerla in casa. Se io avessi camminato davanti con la bandiera della croce rossa, le portantine della clinica avrebbero trasportato la barella col cadavere della donna.

Ho accettato. Ho tirato fuori dalla valigia la mia uniforme da infermiera e, per la prima volta da quando avevo lasciato Roma, l'ho indossata.

Camminavamo. Quando siamo arrivate all'incrocio ho sventolato la bandiera prima di girare l'angolo e riprendere il cammino sul marciapiede, lungo la strada dove era il portone che mi avevano indicato. Sentivo le ragazze dietro di me che battevano i denti e borbottavano preghiere mentre trasportavano la barella pesante. L'androne era affollato e il portone socchiuso. Siamo scivolate all'interno.

La madre della morta singhiozzava, lamentandosi: « Che cosa dirà? Cosa dirà suo marito quando torna a casa? Era andato a cercarle un po' di verdura! ».

Abbiamo lasciato la casa e, dietro l'angolo della strada, abbiamo incontrato due partigiani. Portavano il bracciale tricolore ed erano armati di mitra.

« Mi fa un favore, sorella? » mi hanno chiesto. « Potrebbe andare fino a quell'ultima casa in fondo, salire le scale fino a dove c'è quella finestra semiaperta, dovrebbe essere il terzo piano, e spalancare gli scuri in modo che siamo sicuri che dentro non c'è nessuno? »

Ero un po' stupita. « Perché non ci andate voi? » ho chiesto. « A noi sparerebbero, siamo partigiani. A lei non spareranno. » « Hanno appena sparato a quella donna incinta che abbiamo riportato a casa, morta, sulla barella. »

« Ah, va bene, c'ha paura. Non importa. »

Ho girato sui tacchi, ho percorso la strada, tenendomi accanto al muro dalla parte della finestra che mi avevano additata, sono entrata nell'androne deserto, su per le scale, poi nell'appartamento che aveva la porta spalancata al terzo piano. In una camera erano sparse, in grande disordine, bottiglie di liquore vuote, bombe a mano e proiettili. Mi sono avvicinata alla finestra e ho spalancato le persiane. Poi mi sono riempita le tasche di proiettili e ho nascosto nel grembiule due bombe a mano. Sono tornata indietro e le ho consegnate ai partigiani.

« Forse vi possono servire », ho detto. « Ad ogni modo non vi preoccupate. Non avete bisogno di avere paura. Là non c'è nessuno. »

Di quando in quando, lungo una via vuota, sferragliava una macchina. La si sentiva arrivare da lontano finché il mezzo di color sabbia, mimetizzato, appariva colmo di ragazzi stanchi, tesi, disperati. Erano i tedeschi che andavano via. Quando la macchina era passata ti rimaneva dentro la tristezza di quegli occhi sofferenti. Nulla è più lacerante di un esercito sconfitto in ritirata, anche se la ritirata dei tedeschi significava la liberazione e, nella speranza dei più, la fine della guerra.

Una delle false infermiere, nella sua fantasiosa uniforme (portava un vestito a quadri bianchi e azzurri con un grembiule ricamato) mi ha chiesto di andare all'ospedale ad aiutarla.

I partigiani avevano organizzato una corsia vuota in cui ricoverare i loro feriti. Membri del CLN, fascia tricolore al braccio, cominciavano ad apparire in pubblico e a minacciare quelli che avevano collaborato con i fascisti repubblichini.

Quando sono arrivata all'ospedale, nella corsia c'era solamente un letto occupato. Era un ragazzo ferito gravemente. Un giovane medico e l'infermiera a quadretti gli si affannavano intorno; gli hanno infilato in una coscia un grande ago cercando di fargli un'ipodermoclisi. Il liquido non scendeva, loro si innervosivano.

È arrivata un'altra donna mascherata da crocerossina. Stavo in piedi da una parte.

« Non avete tagliato la fiala in cima, » ho detto « il liquido non scenderà mai. »

« Questo ragazzo è molto grave, » ho aggiunto « perché non fate venire un buon medico dal piano di sotto? Così non avete modo di curare né lui né altri feriti. Non avete strumenti, medicazione, attrezzatura. »

« Siamo partigiani » hanno detto con fierezza. « Di sotto hanno lavorato con i fascisti. Non li vogliamo. »

Ho taciuto. Il ragazzo peggiorava. Hanno detto che forse era meglio chiamare il medico.

Sono scesa al primo piano: erano tutti in camera operatoria. Ho fatto un cenno alla caposala che, subito, mi ha guardata con sospetto.

« Lei chi è? »

« Sono un'infermiera » ho risposto.

« Un'altra ancora? Ci sono dozzine di false infermiere sconosciute. E adesso cosa vuole? »

« Sono una vera infermiera, diplomata. Di sopra c'è un ragazzo ferito. È molto grave. Potrebbe venire qualcuno a visitarlo? »

« E perché non lo portano nella corsia regolare invece di fare tutte queste storie? »

Siamo arrivati a un accordo. Mi hanno mandata a una clinica privata dove un chirurgo, credo che fosse ebreo, era ricoverato; si era fatto togliere l'appendice per non essere trasportato al Nord. Gli ho chiesto di venire all'ospedale dove i partigiani avevano bisogno di lui. Mi ha seguito. Le strade erano pericolose per via dei cecchini, ad ogni incrocio ci mettevamo a correre. Quando il chirurgo è arrivato all'ospedale tutti lo hanno baciato e applaudito. Aveva lacrime agli occhi. Non ricordo il suo nome.

Un medico, un uomo pallido con scuri occhi cerchiati, stava in piedi nel cortile, tremando. Gli gridavano "fascista", e urlavano che lo avrebbero fatto processare. Nessuno lo avvicinava. Sembrava un lebbroso.

I feriti arrivavano uno dopo l'altro. I cecchini che avevano lasciato alle finestre erano tiratori scelti. Colpivano tutti dove le possibilità di sopravvivere erano minori, all'addome.

Se la ferita era lieve e il partigiano non aveva mangiato da poco, c'era qualche speranza di salvezza. Ma se aveva consumato un pasto e il proiettile aveva perforato l'intestino in più di un punto la ferita era quasi sempre mortale. Dopo l'operazione insorgeva la peritonite ed era la fine.

Hanno trasportato a braccia un ragazzo e l'hanno steso sul lettino della medicheria. Una ragazza gli stava accanto, in piedi. Erano, tutti e due, estremamente magri, di colorito grigio, vestiti poveramente. Si guardavano senza parlarsi. Lei non gli teneva la mano.

« È suo fratello? » ho domandato.

« No, è il mio ragazzo » ha risposto e ha continuato a fissarlo negli occhi pieni di dolore. Poco dopo è morto.

Poi è arrivato un gruppo di giovani con un compagno ferito. Erano chiassosi, agitati e armati. Uno di loro si è avvicinato alla finestra della medicheria, dove il ferito, sul lettino, aspettava di essere visitato. L'ha aperta e si è messo a sparare.

« Non spari di qua! » ho detto.

« E perché no? Ha paura? »

« È lei che ha paura, se viene a sparare dalla finestra di un ospedale. »

Si è arrabbiato; io anche mi sono arrabbiata. Ha smesso di sparare.

Un bambino aveva un proiettile nella testa, gli avevano sparato quando si era affacciato alla finestra. Per fortuna la ferita era lieve, il proiettile lo aveva appena sfiorato.

Tutte le persiane e i portoni delle strade che davano sui viali erano chiusi. La gente stava pigiata negli androni non osando muoversi.

A Gianni raccontavo quello che succedeva. Qualcuno veniva a trovarlo. La gente cominciava a uscire dai nascondigli, l'atmosfera era di allegria, mescolata alla paura e allo stupore nei confronti degli alleati che non arrivavano.

All'ospedale c'erano ancora tanti soldati che erano stati feriti durante la guerra, quando eravamo alleati ai tedeschi, e che da mesi erano ricoverati.

Per forza di cose erano trascurati da quando i partigiani feriti avevano riempito le corsie. Le infermiere erano sopraffatte dal lavoro.

Un soldatino è venuto da me in medicheria, un pomeriggio, quando tutti riposavano. Mi ha chiesto di cambiargli la fasciatura sul braccio. Si è seduto sul lettino e ha girato la testa verso il muro. Ho incominciato a togliergli le bende e, con orrore, ho visto che le ferite erano coperte di vermi bianchi che strisciavano sulle piaghe. Cadevano per terra e riempivano le garze. Mi trattenevo dal gridare, le mani mi tremavano. Il soldato mi guardava con gli occhi supplichevoli.

Gli ho cambiato la medicatura fingendo che tutto fosse a posto. Mi ha detto grazie e io morivo dalla vergogna.

LXIX

Finalmente sono arrivati. Gli alleati!

Il primo che ho visto era un ufficiale scozzese con il "kilt". Gli hanno sparato mentre camminava lungo una strada e lo hanno portato all'ospedale. Gli italiani non credevano che, seriamente, i soldati potessero andare alla guerra in gonnella. Pensavano che fosse una storia e lo fissavano stupefatti.

Le campane suonavano, tutti si sono riversati nelle strade. Hanno fatto un corteo fino a Palazzo Vecchio, la gente sventolava bandiere rosse, gridava, fischiava, ballava. Mi hanno detto di togliermi il velo, oggi era la libertà. Camminavo con loro, la testa scoperta e l'uniforme da infermiera, finché non sono stata adocchiata da una delle vecchie duchesse della Croce Rossa che mi ha detto di tornare subito a casa a mettermi il velo. Ha detto che questo era un brutto corteo con tutte quelle bandiere rosse. Già una volta l'aveva visto, dopo la guerra del '18.

Non mi importava affatto quello che diceva. Ero felice, finalmente, finalmente, finalmente!

Ero stupita dalle jeep. Chissà perché mi ero sempre immaginata che gli alleati sarebbero arrivati in grandi macchine americane tipo Cadillac. Invece, eccoli, in queste macchinette aperte che sembravano giocattoli.

L'odore dei soldati era diverso da quello di ogni altra truppa; odore di sapone e di tè forte. Invadevano Firenze dal ponte che avevano gettato attraverso l'Arno e percorrevano al volante delle jeep tutte le strade della città. La gente li baciava, li toccava, li adorava. Avevano l'aria contenta, timidi e poco convinti di tutto quell'amore.

Mentre me ne tornavo verso la clinica delle Blue Sisters ho visto una jeep che mi veniva incontro lentamente e ho guardato fisso l'ufficiale in uniforme americana che stava al volante.

« Puccio! » ho gridato.

Si è fermato. Non ci potevo credere. Era Puccio Pucci che si dirigeva verso il suo palazzo sulla via Pucci.

« Suni, » era sorpreso più di me « ma che cosa fai qui? »

« E tu? »

Mi sono arrampicata sulla jeep e ci siamo messi a chiacchierare. Gli ho raccontato di Gianni e di Emilio. Lui mi ha raccontato del Sud e della guerra. Gli ho detto che volevo raggiungere Roma al più presto ma che si diceva che non avrebbero concesso alcun lasciapassare per molte settimane.

« Non ti preoccupare, » ha detto « io ci ritorno dopodomani. Vestiti da crocerossina, ti porto con me. Nessuno ti chiederà un lasciapassare. »

Di corsa sono tornata da Gianni e gliel'ho annunciato. Non mi piaceva l'idea di lasciarlo ma a Roma avrei avuto modo di contattare persone che l'avrebbero mandato a prendere. Era d'accordo. Anche se la sua gamba stava meglio, si muoveva difficilmente, solo aiutandosi con le stampelle. Ma ormai gli amici della Fiat erano ritornati e c'era molta gente che veniva a trovarlo.

L'incubo era passato.

LXX

Sedevo sulla jeep, il velo di seta azzurra svolazzante al vento, emozionata come una bambina che, per la prima volta, parte in viaggio. Abbiamo attraversato l'Arno sul ponte alleato là dove c'era una volta il ponte a Santa Trinita. Lungo il fiume Firenze appariva come un cumulo di macerie ma la gente passeggiava allegramente. C'era colore in ogni angolo.

Ero follemente curiosa di vedere questo esercito alleato che avevo atteso con tanta ansia. Era come un appuntamento alla cieca con un ragazzo che uno si immagina favoloso.

Non sono stata delusa. Intanto erano una infinità, poi non sembravano affatto in guerra. Era come una parata fantastica, una sfilata meravigliosa, un film. Erano tutti vestiti di questa stoffa color crema, molto chiara, molto pulita. Erano biondi, ben nutriti, le guance rasate. Si sentiva che erano ricchi. Erano scuri, bianchi, gialli, neri. Ridevano.

Scendevamo lungo l'Italia, la campagna era verde, il sole brillava.

Non veniva nemmeno in mente che un aeroplano potesse mitragliarci. Quando ci serviva la benzina entravamo a un distributore militare e rimpivamo il serbatoio.

Se avevamo sete ci fermavamo e ci offrivano il tè; tè forte, scuro, buono, pieno di crema e zucchero. A Puccio offrivano la birra e insieme ci portavano fette di pane bianco come neve, ricoperte di burro, accompagnate da scatolette di corned beef di cui andavo pazza. Tutti erano socievoli. Nessuno faceva domande o chiedeva documenti. Scherzavano, giocavano, chiacchieravano. Non ne rinvenivo. Questa era la guerra. Anche dall'altra parte era la guerra.

I paesi che incontravamo erano mucchi di rottami e macerie. Non si capiva come qualcuno ci potesse ancora vivere.

Siamo arrivati a Roma, Puccio mi ha accompagnata a casa. Ho suonato il campanello e un soldato inglese mi ha aperto la porta. Era alto, raffinato e servile; mi ha domandato che cosa stavo cercando. Lo fissavo interdetta, lui fissava me. Parlava con l'accento cockney modificato da una intonazione snob che gli faceva mangiare le parole.

« Questa è casa mia » ho detto.

« È stata requisita dal Comando Alleato, » ha biascicato « ed è ora la residenza del colonnello Astley. »

« Signorina Suni! », irruppe in quel momento Pasquale, mentre Pasqualina e i bambini scendevano di corsa le scale. « Entri, entri. Parlerà col colonnello quando torna a casa più tardi. Vedrà. Vi metterete d'accordo. Lui e il capitanino sono molto carini, sono "signori". »

Inabitata, la casa era stata requisita dagli alleati. Pasquale era rimasto a occuparsi delle faccende e a cucinare in cambio del vitto per tutta la famiglia. Il colonnello dormiva in camera di mammà, il capitano nella camera mia, quella dove studiavo ai tempi dei miei rossi tramonti romani.

Li aspettavo in piedi, un'ospite inattesa, sul terrazzo di casa mia, stanca e un po' preoccupata.

Sono arrivati tardi nel pomeriggio. Il colonnello Astley era un bell'uomo con i capelli grigi. Era il capo del servizio stampa degli alleati. Il suo aiutante di campo era un capitano abbastanza giovane, dall'apparenza poco britannica, si chiamava Patrick Henderson. Ci siamo guardati con un certo sospetto.

« Vuole una sigaretta? » il capitano mi ha offerto il pacchetto.

« Grazie. Non fumo. »

« Vuole un drink? »

« Grazie. Non bevo. »

Stavamo in silenzio, imbarazzati. Avrei voluto fumare, avrei voluto bere; avrebbe reso l'incontro più facile.

« Da dove viene? » hanno chiesto dopo qualche minuto.

« Dalla Svizzera. Sono passata sotto la rete e poi abbiamo tentato di attraversare le linee. Abbiamo avuto un incidente. Mio fratello è rimasto a Firenze. »

Devo essere apparsa molto disperata perché hanno gentilmente detto che avrebbero dormito insieme in camera di mia madre e che io potevo dormire nell'altra camera finché non trovavano una soluzione. Ho detto "grazie" molto educatamente e mi hanno invitata a pranzo con loro. Hanno servito nella sala rotonda che dà sul giardino; Pasquale era aiutato dall'attendente di nome Smith. Sul tavolo, candele accese.

Pasqualina mi teneva informata. Smith le aveva chiesto quanti anni avevo, e, quando lei aveva risposto ventidue, si era stupito perché il capitano pensava che ne avessi trenta e sosteneva che mi comportavo come se ne avessi quaranta. A letto la stanchezza mi addormentò subito.

Mi risvegliai nel tepore di una fine estate romana e non riuscivo a capire dove fossi.

Ancora non avevo altri vestiti se non una sottana e due camicie, che Berta mi aveva imprestato quando ero passata da lei, sconfinando dalla Svizzera; in compenso avevo una bicicletta e l'uso illimitato di un telefono. Gli alleati si erano resi conto, dopo alcuni giorni che erano a Roma, che tutti gli abitanti trascorrevano la metà della giornata al telefono. Emisero una ordinanza avvisando che chiunque avesse chiamato e fosse rimasto al telefono più di tre minuti avrebbe avuto la linea tagliata. Questa disposizione cambiò le abitudini dei romani.

In ospedale ritrovai le mie amiche infermiere. Mi raccontavano che le corsie erano piene di feriti per incidenti stradali, di bambini che erano stati investiti. Non c'erano medicine, non c'erano bende gessate, tutto si doveva comprare a carissimo prezzo, al mercato nero. L'assistenza era pessima.

A casa, approfittai del mio telefono privilegiato e chiamai il mio eroe. Sapevo da Puccio che lavorava per gli alleati. Avevo una gran voglia di vederlo. Era bello sapere di avere un amico coraggioso e ragionevole con cui potersi confidare. Gli avevo scritto una lettera quando era in prigione dicendogli che avevo sempre pensato che lui si sarebbe comportato in maniera giusta, e che, anche se in molti lo criticavano, io lo capivo. Ha risposto lui.

« Pronto, » ho detto, un po' nervosa « sono Suni. »

« Come stai? » evidentemente era sorpreso e la sua voce era fredda. « Come sta tua madre? I tuoi fratelli? E tu, da dove vieni? »

Ho cercato di rispondere ma mi ha interrotto: « Ciao, non posso stare al telefono più di tre minuti, se no mi tagliano la linea ».

« Non preoccuparti, ho in casa un colonnello alleato. Posso stare al telefono quanto mi pare. »

« Ma io, no. Ti chiamerò la settimana prossima. » E ha abbassato il ricevitore.

Ho appoggiato la testa sullo schienale della poltrona e ho singhiozzato a lungo, disperata. Mi sentivo sola, abbandonata, orfana, indesiderata. Detestavo il mondo, gli uomini, il mio eroe della Marina che avevo serbato nel cuore come un uomo coraggioso e comprensivo quando era solo egoista e orgoglioso. Continuavo a singhiozzare; poi ho smesso di piangere perché dovevo fare il bagno e andare a pranzo con i miei padroni di casa inglesi.

« Che cosa ha fatto quest'oggi? » hanno chiesto imbastendo una conversazione mondana.

« Più che altro, ho pianto. »

« Perché, pianto? »

Ho raccontato perché e si sono messi a ridere. Mi hanno chiesto il nome del mio eroe. Lo conoscevano di nome e mi hanno consolato. « Non può piangere per quella pomposa medaglia d'oro. E poi se si comporta così deve essere un fesso. »

Ero d'accordo, ci siamo messi a parlare. Abbiamo bevuto del vino, ho incominciato a ridere. Ho imitato Smith che mi riceveva alla porta parlando il suo cockney sofisticato.

Loro mi hanno confessato che quando mi avevano vista in piedi sul terrazzo vestita da infermiera avevano avuto un moto di sconforto. Poi mi hanno raccontato del loro lavoro, io gli raccontavo la mia vita.

Dopo quella sera invitavano a colazione e a pranzo i loro amici. Generali, attrici che venivano a dare spettacoli per le truppe, ufficiali dei servizi segreti che rientravano dal fronte o arrivavano dagli Stati Uniti. Stavo seduta a capotavola e mi prendevano in giro perché mi alzavo appena avevano finito di mangiare. Ho imparato a rimanere seduta mentre bevevano il caffè e fumavano.

Abbiamo dimenticato di trovare una soluzione per la casa. Era una situazione ideale, così com'era.

Naturalmente mi sono innamorata del "capitanino", come lo chiamava Pasqualina.

Aveva una amica: un'attrice italiana, tanto per cambiare. Alla sera andava a trovarla; quando rientrava gli facevo un grido e veniva a sedersi accanto al mio letto a chiacchierare, con il bicchiere di whisky in mano.

Mi descriveva il momento in cui consegnava il bollettino con le notizie a tutti i reporters che acciuffavano il foglio e si precipitavano ai telefoni mentre lui rimaneva, solo al centro della stanza, a mani vuote.

Imitava il modo di parlare delle persone, rifaceva l'accento di tutti, e siccome era un'abitudine che avevamo in comune continuavamo per ore a fare il verso alla gente ridicola che avevamo incontrato durante la giornata. Io imitavo anche la sua amica, che, essendo italiana e non sapendo l'inglese, aveva trasformato il proprio nome in un vezzeggiativo francese che doveva sembrarle più esotico. Ma qui, Patrick rideva meno.

Il colonnello è andato in licenza e Patrick è rimasto. Abbiamo cambiato camere; io stavo in quella di mia madre, lui in quella mia.

LXXII

Anche i miei amici venivano invitati a colazione. Topazia, Galvano, e, naturalmente, Raimondo. Ma Raimondo odiava essere puntuale e i miei alleati odiavano che lui arrivasse in ritardo, così non era un incontro felice. Invece, come era sua abitudine, veniva a farmi visita durante la notte. Si sdraiava in fondo al solito letto e si lamentava perché la solita donna avrebbe finito col distruggerlo. Era tornato dal Sud con una radio trasmittente clandestina con cui, da un nascondiglio, aveva mantenuto i contatti con gli alleati. Adesso era di nuovo in borghese.

« Non puoi essere così banale da prenderti una cotta per l'ufficiale inglese che abita in casa tua » si arrabbiava. « Tutte le donne di Roma si trovano nella stessa situazione, francamente non è da te. »

Certamente lo era, molto banale, ma è vero che le cose ovvie nascono per ovvie ragioni. Un ufficiale alleato nell'agosto del '44 a Roma portava con sé un'aureola di libertà e di pace. Come si fa a non innamorarsi della libertà e della pace?

Patrick rideva.

« Sciocchezze, » esclamava quando gli dicevo che ero innamorata di lui « sono vecchio, ho quasi trentaquattro anni, sono inglese. Morirai di vergogna tra qualche anno quando ti ricorderai di avermi detto che eri innamorata di me. »

Aspettavo che tornasse a casa, la notte. Mi dicevo "Se adesso è arrivato al garage e ha lasciato la macchina starà incamminandosi su per la salita e arriverà alla porta tra cinque minuti e mezzo" poi ricominciavo "Se adesso è arrivato..." finché sentivo il rumore della porta che, chiudendosi, echeggiava su per l'entrata e il suono dei passi che salivano le scale. Io chiamavo « Patrick? » e lui apriva la porta e diceva « Non è possibile che tu sia ancora sveglia, sciocca ragazzina. Mi vado a lavare i denti e vengo a dirti buona notte ».

Tornava, si sedeva sul mio letto e io ero infinitamente felice. Chiacchieravamo e scherzavamo. Ero pazza del suo humour britannico, della pelle liscia senza peli che si vedeva sotto la camicia che si sbottonava togliendosi la cravatta, dei suoi modi dolci e fraterni.

Una volta mi ha messo le due mani sulle spalle e mi ha baciata. Poi ha detto « Forgive me », e se n'è andato.

LXXIII

Non mi ero dimenticata di Gianni ma non era facile farlo arrivare da Firenze a Roma. Gli alleati avevano frenato il movimento dei civili e concedevano rari permessi per i veicoli civili. Gianni non era in condizione di viaggiare su una jeep.

Un giorno incontrai Dino Philipson, un uomo politico che era stato al Sud con il governo Badoglio. Per anni aveva vissuto, praticamente confinato come antifascista, nella sua villa tra Firenze e il mare. Cercava qualcuno che lo portasse a Firenze e mi ha detto che se gli procuravo una macchina e un autista avrebbe riportato Gianni con sé. Alla Fiat trovarono che la soluzione era eccellente e partirono subito.

Con Gianni a casa, la convivenza con gli alleati diventava molto difficile. Abbiamo, ancora una volta, cambiato di camere e di letti ma poi il colonnello e il capitano hanno trovato un appartamento da affittare e ci hanno lasciati. Mi dispiaceva vederli andare via. Con il colonnello ci intendevamo benissimo ed ero felice di sapere che lo avrei trovato quando tornavo a casa. Di Patrick ero innamorata. Ma sapevo che con Gianni non si sarebbero capiti e ne sarebbe nata una tensione per me intollerabile.

Gianni arrivò, con le stampelle, magro magro, pallidissimo, un foruncolo nel mezzo della fronte, i capelli tagliati corti, e lo sguardo insicuro. Tutte le ragazze che venivano a trovarlo si innamoravano di lui. Il fatto che fosse un invalido sollecitava il loro lato romantico.

Studiavo medicina all'Università di Roma, frequentavo l'ospedale quando potevo. Le sue condizioni erano, come mi avevano detto, disastrose. Un ragazzino napoletano giaceva nel suo letto con la testa rasata e grandi occhi che ti domandavano affetto. Aveva le due gambe rotte al femore, e nessuno gliele aveva immobilizzate perché mancavano le bende gessate.

Era solo, era stato investito a Napoli. Gli alleati lo avevano portato fino a Roma. Una quantità incredibile di bambini abbandonati affollava l'Italia. Si erano perduti o erano rimasti orfani, o avevano seguito un soldato che li aveva raccolti, oppure, per amore d'avventura, erano scappati di casa. Questo bambino non si lamentava mai. Mi prendeva la mano e mi domandava la pasta con la salsa di pomodoro. Pasqualina gli preparava una scodella di maccheroni con parmigiano e pomodoro e gliela portavo in ospedale.

« Signurì » mi chiamava, quando entravo nella sua corsia, e rideva, sollevando la testa dal cuscino. Quando vedeva la scodella i suoi occhi brillavano di gioia, se la metteva sul petto e mangiava fino all'ultima goccia di salsa. Poi le sue fratture degenerarono in ostiomielite e la febbre lo divorava.

Stava sempre peggio, la sua pelle scura si tirava sulle ossa come una tuta da subacqueo che si stringesse ogni giorno di più. Quando non ha mangiato la pasta ho capito che era la fine. Si aggrappava a me, febbricitante, e con gli occhi implorava qualcosa che non ho mai saputo. È morto senza nominare suo padre o sua madre o il nome di qualsiasi altra persona.

Il giorno seguente hanno ricoverato una bambina con

i capelli biondi inanellati che le scendevano fino alle spalle. Aveva le gambe fratturate. Era sola. Ho convinto una mia amica a venire all'ospedale fingendo di essere la zia della bambina per firmare le carte che autorizzavano la sua dimissione dall'ospedale.

Ho chiesto a Patrick di venire con la sua macchina per trasportarla alla clinica ortopedica dove sapevo che l'avrebbero ingessata.

È venuto, ha portato la bambina fino alla città universitaria, poi mi ha riaccompagnata a casa e mi ha detto: « Suni, non puoi combattere contro il mondo. A che cosa serve? Dopo questa bambina ce ne saranno altre dieci: centinaia in tutti gli ospedali d'Italia. Cosa pensi di fare? Di venire ogni giorno a rubare un bambino da una corsia? ». Non sapevo che cosa rispondere.

Volevo organizzare un gruppo di ambulanze che seguissero le armate alleate e potessero trasportare i feriti civili agli ospedali. Alle ambulanze militari era proibito caricare civili e avevo sempre nella testa quello che era successo quando Gianni stava sdraiato per terra con il piede frantumato.

Sono riuscita a trovare cinque macchine Fiat che potevano essere convertite in ambulanze. Ho indotto il Quartier Generale della Croce Rossa ad autorizzare la formazione di un gruppo di ragazze volontarie per guidare le ambulanze; ho ottenuto che gli alleati ci concedessero la benzina e le razioni militari quando fossimo state al seguito delle loro forze armate; ho trovato dieci ragazze che erano pronte a fare un corso di addestramento e poi a farsi militarizzare fino alla fine della guerra.

La difficoltà maggiore erano le gomme. Sono andata al Quartier Generale Alleato e credo sia stato il generale Clark a dare ordine che ci fossero consegnate le gomme per le ambulanze.

LXXIV

Gianni migliorava. Si appoggiava al bastone ma riusciva a camminare saltellando. Sarebbe partito per il Nord con uno dei reggimenti italiani che combattevano al fianco degli alleati. Presto sarebbe stato di nuovo in uniforme come ufficiale di collegamento.

Le ambulanze erano pronte ma c'era sempre un intoppo. Alla Croce Rossa ci hanno costrette a nominare come capogruppo un'infermiera il cui titolo, in realtà, era quello di avere un fratello caduto nella Resistenza.

Temevano che, altrimenti, il gruppo sarebbe stato criticato perché poteva apparire reazionario. Le altre ragazze erano in effetti amiche mie e molte appartenevano a famiglie aristocratiche; Topazia, Marilise Carafa, Letizia Boncompagni. Non parliamo poi del nome mio.

Abbiamo dovuto accettare la loro imposizione o non avremmo avuto l'autorizzazione a partire.

Ho incominciato, di colpo, a uscire la sera con dei ragazzi. Mi portavano a ballare, mi correvano dietro, mi baciavano e mi divertivo. Adesso, quando dicevo a Patrick che ero innamorata di lui, era vero soltanto a metà. Ottavio Montezemolo, che gli alleati avevano liberato da un campo di prigionia in omaggio al suo eroico comportamento durante la guerra, e che ora combatteva con loro, veniva a trovarmi molto spesso. Il suo nome completo e molto piemontese era Lanza Cordero di Montezemolo.

Quando Raimondo seppe che uscivo con lui, mi portò in regalo un San Cristoforo in argento con incisa la frase "Look at me and not at Lanza", da mettere sul cruscotto della mia ambulanza. Raimondo mi diceva ancora che, alla fine della guerra, ci saremmo sposati. Andava avanti e indietro tra Roma e la Sicilia per soddisfare il suo istinto inquieto; continuava ad affascinarmi e allo stesso tempo a rendermi la vita insopportabile.

Il mio eroe della Marina mi chiese di lasciargli, quando sarei partita, la croce rossa che portavo appesa alla catenina intorno al collo.

Ma più di tutti mi piaceva Dario, un ragazzo con gli occhiali cerchiati di tartaruga: un bel ragazzo milanese, ebreo, ufficiale di collegamento nell'VIII Armata. Era innamorato di me. Insieme ci divertivamo.

Topazia diceva che frequentavo troppi ragazzi.

Io le rispondevo: « Non ha senso essere fedeli, se non si è innamorati ».

LXXV

Stavamo in fila sull'attenti. Giacche da soldato grigio azzurre, gonne grigio azzurre e, grigio azzurro, un berretto che Topazia detestava; le cinque ambulanze in fila dietro di noi. Il vescovo militare ci ha dato la benedizione e siamo partite verso il Nord. Dopo poco la guerra è finita.

Adesso che l'Italia era stata completamente liberata, i partigiani controllavano tutte le città al Nord di Firenze.

Mussolini, con la sua amica e altri gerarchi, era stato ucciso e appeso per i piedi a piazzale Loreto. La folla sfilava davanti allo spettacolo sparando sui cadaveri.

Il nostro gruppo si è diviso. Due ambulanze sono rimaste a Bologna. Topazia con Annamaria, Marilise con me. Dormivamo molto poco, ad ore inaspettate, nel convitto delle infermiere dell'ospedale. Gli alleati ci davano le "K rations", quelle misteriose scatole marrone che erano per noi italiani una continua sorpresa: la carne, i biscotti, la cioccolata, la sigaretta. Mangiavamo percorrendo le strade bucate come una fetta di groviera. Su alcune, più colpite dalle bombe e dai proiettili, si riusciva a procedere solamente a passo d'uomo. Quando ci mandavano da qualche parte fuori mano, per accompagnare una bambina a un sanatorio o una monaca a un ricovero di vecchie, e si incontrava una strada in buone condizioni, sembrava di guidare sul velluto.

Giorno e notte un gruppo di gente sostava nel cortile dell'ospedale per pregarci di raccogliere un ferito o un malato e portarlo all'ospedale. Si litigavano per la precedenza. Cercavano di corromperci. Ci portavano regali; una treccia di pane bianco, due uova, o una medaglia con la Madonna. Madri, fisse in un'immobile disperazione, tornavano in vita per rincorrere l'ambulanza dicendo « La prego ».

Guidavo e bevevo caffè, mi lavavo la faccia e riprendevo a guidare. Quando mi addormentavo sognavo la gente che, sotto, nel cortile aspettava e diceva « La prego ».

Mi venivano in mente i soldati tedeschi che erano troppo stanchi per portare Gianni all'ospedale. Mi alzavo, bevevo altro caffè, e riprendevo il volante dell'ambulanza.

Dimenticavo la stanchezza e vivevo in una specie di ubriacatura come se il mio corpo appartenesse a qualcun altro. Alcuni medici ci aiutavano. Altri ci detestavano perché gli alleati ci davano liberamente la benzina ed eravamo indipendenti. Ci consideravano "prostitute".

A un medico dissi che gli alleati avevano un rimedio nuovo, "la penicillina", che guariva le infezioni in un tempo straordinariamente breve. Scoppiò a ridere.

« Lei ci crede a queste storie? Dio mio, quanto deve essere sciocca. »

Un giorno, da un sanatorio sulle colline intorno a Modena, riportai a casa un gruppo di bambine. Raccontavano che le monache le punivano facendole stare in ginocchio davanti alla finestra aperta durante l'inverno, oppure facendole assistere tutta notte, in piedi, all'agonia di una compagna morente. Una delle bambine aveva la faccia di vecchia, la pelle grigia e cartacea. Ci ha detto, freddamente, che, lei, in ogni modo, sarebbe morta prima dell'inverno prossimo. Perfino i suoi capelli erano unti e intrisi di malattia.

Abbiamo attraversato strade minate per entrare in un paese distrutto dove l'odore dolciastro dei cadaveri in disfacimento era forte come quello dei fiori marci in una camera sigillata. Dovevamo raccogliere un ragazzo che, da settimane, giaceva con le gambe spezzate.

Abbiamo portato al più vicino ospedale, guidando al massimo della velocità, un bimbo che moriva di enterite sugli argini del Po, lunghi e tranquilli. La madre giovanissima stringeva convulsamente il bambino livido e affannato.

Abbiamo accompagnato a casa persone che andavano a morire, e all'ospedale feriti in incidenti stradali che erano rimasti distesi sul ciglio della strada.

Ci spingevamo fino a Ravenna e all'Adriatico dove, per qualche minuto, ci fermavamo a guardare il mare, vuoto, verdastro e malinconico. Ci addormentavamo discutendo. Topazia ed io vedevamo la vita da due punti di vista diversi. Lei sosteneva che, purché ci fosse qualcosa di buono, non importava che ci fossero anche cose sbagliate. Io dicevo che, finché c'erano persone disoneste e azioni sbagliate, le azioni giuste sarebbero sempre finite sconfitte. Ci svegliavamo continuando a discutere mentre ci infilavamo i vestiti.

Con Marilise, sull'ambulanza, parlavamo di altre cose: di uomini. Marilise mi irritava e mi divertiva. Era così diversa da me. La bocca provocante, il rossetto rosso fuoco, i capelli sciolti, le osservazioni fatue, prendeva la vita così come veniva e pensava che niente potesse mai cambiare il corso delle cose. Io credevo che le persone potessero cambiare il mondo.

LXXVI

Topazia mi disse che mia madre era a Milano. Era arrivata in Italia a piedi attraverso il confine. Morivo dal desiderio di vederla e, non appena è sorta l'occasione, siamo partite di notte per accompagnare un malato a Milano.

A ogni incrocio gruppi di persone stavano in attesa di qualcuno che desse loro un passaggio. Era l'unico mezzo di trasporto. C'erano molti partigiani in pantaloni corti, bracciale, il fazzoletto rosso intorno al collo. Raccoglievamo tutti quelli che l'ambulanza poteva ospitare.

Un partigiano armato di mitra e pistola si è pigiato con Marilise e con me sui sedili anteriori.

Era arrogante e odioso. Ci ha detto che era stato in Sicilia a comprare calze di nylon che avrebbe rivenduto al Nord sul mercato nero.

« Voglio andare a Torino, » ha dichiarato « e se non mi portate dove voglio io, vi minaccerò con le armi e mi ci porterete per forza. »

Non ho risposto.

« In ogni modo » ha proseguito « adesso i padroni siamo noi. Finalmente anche Agnelli è stato giustiziato. L'ha detto la radio questa mattina, e era anche l'ora. »

Ho taciuto ancora. Quando siamo arrivati al primo posto di blocco della Military Police mi sono fermata di fronte a due grandi soldati americani, neri e sorridenti, e ho detto lentamente e a voce alta, in inglese: « Per favore togliete quest'uomo dalla mia ambulanza ». Hanno aperto la porta e lo hanno sollevato di peso. Era talmente stupefatto che non ha aperto bocca. Abbiamo proseguito non sapendo se quello che aveva detto era o non era vero.

Ero talmente stanca che soffrivo di allucinazioni. Vedevo uomini appesi agli alberi e poi mi rendevo conto che erano soltanto rami. Vedevo acqua dove non c'era e luci in mezzo al cielo. Siamo andate all'appartamento dove abitava mia madre e abbiamo trovato anche Gianni. Tra mia madre e me c'era ora uno strano imbarazzo, come se venissimo da mondi lontani.

Mio nonno era vivo. I partigiani avevano occupato la sua casa lasciando due camere a lui e alla nonna; gli era stato proibito di entrare alla Fiat. Si faceva accompagnare sotto le finestre di Mirafiori e scuoteva la testa dicendo: « Pensè che l'hai faita mi, tuta ». Mia madre era depressa. Le persone che si vantavano che non l'avrebbero salutata si alzavano in piedi a baciarle la mano, quando, in pubblico, lei li affrontava. Un giorno, in casa di mammà, suonò il telefono e risposi io. Era Urbano Rattazzi.

« Ma sei matto. Non ti stanno cercando? »

« Posso venirti a trovare? »

« Ma non è pericoloso per te camminare per le strade? »

« Verrò in bicicletta. »

Ha abbassato il ricevitore e ho chiesto: « Credete che lo ammazzeranno? ».

Sono andata a colazione da Berta nell'appartamento della famiglia di suo marito. A capotavola era una signora sulla sessantina che portava, con grande dignità, la testa rotonda e grigia completamente rasata dai partigiani.

In genere le donne e le ragazze che erano state rapate andavano in giro con un fazzoletto in testa: era inusuale incontrare la coraggiosa e voluta indifferenza che ostentava, invece, la zia di Berta. Rendeva anche la conversazione abbastanza difficile.

Sono tornata all'appartamento dove era ospitata mia madre ed è arrivato Urbano. Mi ha domandato se potevo portare Valerio Borghese fino a Firenze con la mia ambulanza. Come comandante della Decima Mas, che aveva condotto la guerra contro i partigiani, era condannato a morte e ricercato da tutti.

Ho preso in considerazione la richiesta con imbarazzo e ho pensato a lungo prima di rispondere "sì". Grazie a Dio pensò qualcun altro a portarlo via.

Urbano mi disse che dopo la caduta di Nettuno, la Decima era stata trasferita al Nord a combattere i partigiani; a quel punto aveva dato le dimissioni da ufficiale d'ordinanza di Borghese e si era ritirato nella sua villa di Sestri Levante. Contro gli italiani rifiutava di combattere. Adesso voleva salvare la vita del suo comandante.

Era stato minacciato anche lui. Mi chiese di ospitarlo a Forte dei Marmi dove nessuno lo conosceva e avrebbe potuto rimanere per un po' di tempo fuori dai piedi. La casa di Forte non era stata danneggiata né derubata. I guardiani avevano salvato tutto. Era una delle poche case della zona rimaste in piedi e fornita di letti e lenzuola così che tutti i nostri amici, in va e vieni fra Roma e Torino, facevano tappa lì per fermarsi a dormire. Gli alberghi erano stati tutti requisiti dagli alleati, e, senza amici che ti ospitassero, muoversi attraverso l'Italia era molto difficile.

Mia madre era d'accordo. Io tornai a Bologna promettendo a Urbano che, appena riuscivo a farmi dare una licenza, sarei andata a trovarlo.

LXXVII

Attraversavo una città dell'Emilia, di pomeriggio, quando mi ricordai che era la città dove viveva Baldetti, il sergente che avevo accompagnato alla stazione il giorno in cui Badoglio aveva annunciato la resa dell'Italia. Mi incuriosiva sapere che cosa fosse successo di lui, con la sua divisa azzurra e i nastrini azzurri, e col suo sorriso timido e spavaldo sotto i capelli biondi pettinati all'indietro sulla fronte. Da casa mi aveva scritto alcune lettere, ma erano lettere all'italiana, piene di sentimentalismi e prive di notizie.

Ricordavo il suo indirizzo e abbiamo trovato la casa. Una vecchia donna è venuta sulla porta e l'ha aperta di pochi centimetri. La teneva socchiusa con tutte e due le mani e guardava con sospetto le nostre uniformi e la nostra ambulanza.

« Sta qui il sergente Baldetti? » ho chiesto.

« No » ha risposto in fretta. « No, non è qui. »

« E dov'è? Sta bene? »

« Non lo so » ha risposto bruscamente e ha fatto per chiudere la porta.

« Lei è sua madre? » ho insistito. « Vorrei lasciargli un messaggio. Il mio nome è Suni Agnelli. Gli dica che ero venuta a salutarlo. »

« Lei è la signorina Agnelli? » ha aperto la porta.

« È lei che l'ha curato all'ospedale? Entrate, venite dentro. Mi scusi, non sapevo che fosse lei. »

Siamo entrate. Era una casa di campagna con una corte e un fienile. Ci siamo sedute su due sedie di legno; la donna si torceva le mani, gli occhi le si sono riempiti di lacrime.

« Suo figlio è vivo? » non riuscivo a capire che cosa gli fosse successo. « Gli è capitato qualcosa? »

Ha guardato fissa me, poi Marilise. Dobbiamo esserle sembrate innocue.

« Aspettate un momento » ha detto, alzandosi e scomparendo dentro al fienile. Marilise ha spalancato gli occhi e mi ha fatto un tipico gesto napoletano che significa "si vedrà".

La donna ha aperto la porta che dal fienile si apriva sulla corte, ha guardato a destra, poi a sinistra, poi ha fatto cenno dietro di sé che la seguissero.

Un ragazzo si è affacciato alla porta. Baldetti aveva fili di fieno nei capelli, portava una camicia stropicciata a righe marrone, il suo sguardo era quello dei fuggitivi. In fuga gli uomini e gli animali diventano simili: sensibili, patetici, come se fossero già preda della morte che cercano di evitare.

Mi sono alzata e gli sono andata incontro. Ci siamo dati la mano. Mi ha ringraziato della visita. Sentivo che si vergognava di essere sorpreso a nascondersi in casa propria. Si è passato le dita fra i capelli opachi, si è spazzolato la polvere dalle maniche della camicia.

Non volevo fare domande. Lui non offriva chiarimenti. Ho parlato della mia ambulanza, del mio lavoro. La madre ha detto che erano tempi orribili. Abbiamo annuito. Io ho detto che avevamo molto da fare e che avremmo dovuto proseguire; sarei tornata a trovarlo un'altra volta. Sapevamo tutti che non era vero e ci siamo salutati con finta allegria. Guidavo l'ambulanza in silenzio, nemmeno Marilise riusciva a distrarmi.

Dietro i muri delle case, dietro le porte delle strade dritte e semideserte, immaginavo uomini che avevano paura di uscire al sole.

LXXVIII

La nostra capogruppo stava, di base, in una città del Nord. Inaspettata, compariva a Bologna per controllare il nostro lavoro e proseguiva, poi, per il Sud. Mi informarono che riempiva il serbatoio della sua ambulanza, vendeva la benzina a borsa nera, poi riempiva un'altra volta il serbatoio alla prossima stazione alleata.

Da un'indagine la notizia fu confermata. Saltò fuori che la capogruppo usava l'ambulanza per andare nel Sud a comprare merce che poi rivendeva al mercato nero nelle città del Nord.

Era un gioco facile. Nessuno avrebbe mai controllato l'ambulanza. Le davano la benzina gratis ovunque si presentasse e su tutte le strade aveva la precedenza. Disprezzavo questa donna e la odiavo perché per la sua disonestà approfittava di un mezzo che io avevo messo nelle sue mani.

Sono andata a Roma e ho chiesto un appuntamento con il presidente della Croce Rossa. Era un archeologo di idee socialiste, gentile e attraente.

Gli ho spiegato quello che stava succedendo. Ha alzato le spalle. Ho ripetuto che gli alleati si erano implicitamente fidati di noi e che io, personalmente, quando ci avevano concesso la carta che ci permetteva di rifornirci di benzina, ero diventata responsabile del suo uso. Possibile che non si rendesse conto della gravità della cosa? Non poteva permetterlo. Era il nome della Croce Rossa Italiana che era in giuoco.

Ha sospirato. « Prosegua con il suo lavoro. Non possiamo mandarla via. Creerebbe uno scandalo e ci renderebbe impopolari. » « Ma è una ladra! » ho gridato. « Sta usando un'ambulanza che potrebbe salvare una vita per guadagnare quattrini per sé. Non si rende conto di quanto sia disonesta? »

« Faccia finta di non saperlo. È la miglior cosa che possa fare. »

Sono uscita dall'ufficio senza salutarlo. Sono tornata a Bologna inghiottendo lacrime di rabbia e, tutta notte, ho discusso con Topazia.

Anche lei non capiva. Continuavo a spiegarle che noi, io, lei, Marilise, tutte le altre, eravamo conniventi con questa donna. Eravamo, implicitamente, responsabili di quello che lei faceva.

La nostra parola, di fronte agli alleati, non valeva nulla se lei usava la sua per mentire. Quando lei rubava, anche noi rubavamo. Dicevano che esageravo. Se non potevamo farci niente, la miglior cosa era non pensarci.

Mi sembrava di impazzire. Guidavo la mia ambulanza giorno e notte, cercando di dimenticare.

Ottavio Montezemolo mi aveva lasciato un messaggio. Si trovava col suo reggimento a pochi chilometri di distanza da noi.

Così, una mattina, siamo passate davanti al recinto i cui limiti erano fissati dalle insegne del reggimento, e sono entrata.

Una jeep con a bordo un colonnello e il suo stato maggiore si è diretta verso di noi. Ci hanno indicato dove potevamo trovare il capitano Montezemolo e siamo rimaste con lui appoggiate all'ambulanza sotto gli alberi di un viale, a chiacchierare.

D'un tratto abbiamo visto la jeep che tornava. Il colonnello, paonazzo, gesticolava. È sceso dalla jeep e si è diretto verso di me. « Non sapevo chi lei fosse, » si è messo a urlare « altrimenti non le avrei mai permesso di entrare nel recinto del mio reggimento. Nessuno, che porti il nome Agnelli, sarà ricevuto dove io comando. »

« Io sono fiera del nome Agnelli », ho risposto.

« La sua fierezza è sbagliata, » diventava sempre più rosso e il sudore gli colava lungo le guance « non è una fierezza da italiani! »

Ottavio Montezemolo si è messo sull'attenti.

« Signor colonnello, » ha detto con la voce tranquilla « sono io che ho invitato la signorina a venire qui. »

« Ha fatto malissimo, » ha urlato il colonnello, ormai totalmente fuori controllo « e la faccia andare via! »

« Signor colonnello, » ha risposto « la prego di accettare le mie dimissioni come ufficiale del suo reggimento. »

Il colonnello è risalito sulla jeep e ha dato ordine all'autista di proseguire.

Ho riportato l'ambulanza sulla strada pubblica e mi sono fermata.

« Bisognerebbe dargli un calcio nelle palle », brontolava Marilise.

Ottavio arrivò con la sua macchina. Un ufficiale lo seguiva. Mi chiese di dire al capitano Montezemolo di ritirare le sue dimissioni, perché era un onore per il reggimento averlo come ufficiale. Scoppiai a ridere; ridevo e le lacrime mi cadevano sulla camicia.

« Ritira le dimissioni, Ottavio, a che cosa servirebbero? »

LXXIX

Quando la vita mi feriva, c'era sempre la stessa spiaggia a raccogliermi. Il Forte non era troppo cambiato. Mi lavavo i capelli con l'acqua di cenere. Camminavo con Dario sulla spiaggia vuota e ci sdraiavamo per terra sotto i pini. La casa era piena di gente. Tutti dormivano con tutti, dimenticando qualsiasi discrezione. La fine della guerra aveva portato un'esplosione di sesso.

Mangiavamo arselle, pesci, pane nero. La "Capannina" era aperta e la gente ballava tutta notte, a piedi nudi. Gli alleati portavano con sé DDT e whisky. Soldati negri scorrazzavano in jeep avanti e indietro da un villaggio di follia nella pineta di Migliarino dove ragazze, bambini e militari vivevano in una pazza orgia, rubando dagli enormi depositi degli alleati, vicino a Livorno, tutto quello su cui riuscivano a mettere le mani.

Il mercato nero era scatenato. Si poteva comprare qualsiasi prodotto americano; armi, uniformi, cibo, prodotti di bellezza, alcolici, medicine.

Urbano studiava per l'esame di procuratore. Era magro, pallido, e i suoi occhi verdi lucevano. Gli sono passata davanti mentre andavo al mare con Dario che mi teneva per il braccio. Ha alzato gli occhi dal libro. « Hai gli occhi come le mandorle verdi » gli ho detto e ho proseguito pensando alla sensazione vellutata che dà la superficie di una mandorla quando la cogli dall'albero.

Dario è tornato a Roma dove il suo superiore alleato lo aspettava. Ha promesso di tornare presto.

Mia madre è tornata in Svizzera. In casa eravamo rimasti solo Urbano e io. Chiacchieravamo seduti in pineta. L'ho guardato negli occhi e ho sorriso. Quando ci siamo baciati l'ho chiamato "mandorlino".

Dario è tornato dopo tre giorni, una mattina presto. È corso in camera mia, Urbano era seduto sul mio letto.

« Vieni al mare, » ha detto « andiamo a fare il bagno. »

« Siediti, Dario, » l'ho fermato « voglio dirti una cosa. Urbano ed io ci sposiamo. »

Si è messo a ridere.

« Che divertente » ha esclamato.

« Ma non è uno scherzo. »

« Va bene, » ha ripreso « vi sposate. Forza. Ma adesso smettila di dire sciocchezze e vieni a fare il bagno con me. Ho caldo. »

Si è fermato sulla porta, si è voltato e ci ha guardati.

« Siete pazzi! » ha gridato. « Siete completamente pazzi! » è sceso di corsa per le scale e se n'è andato con la macchina.

Erano passati nove giorni dalla mia partenza da Bologna. Topazia, Marilise e Annamaria sono arrivate per il matrimonio. Come una superstizione inglese impone, portavo un vestito vecchio e un paio di zoccoli nuovi, un golf blu, un nastrino rosa sulla bretella e un velo in prestito sulla testa.

Topazia, al volante della sua ambulanza, mi ha portato fino alla chiesa di Forte dei Marmi. Gianni mi ha accompagnata all'altare zoppicando. Quando mi ha lasciata mi ha stretto le dita.

Urbano aspettava.

Ho guardato nei suoi occhi verdi e ho pensato che la vita sarebbe stata un prato verde, verde come i suoi occhi, pieno di bambini che correvano.

15 ottobre 1974

Gli Oscar

L'INGANNO PIÙ DOLCE (I Romanzi di Barbara Cartland 29)

Wallace, L'ONNIPOTENTE (Bestsellers 44)

Irvine, VIA DAL MONDO (Attualità 22)

Parini, IL GIORNO (Classici 87)

Plain, IL GIARDINO CHE BRUCIA (1895)

Cederna, VICINO E DISTANTE (Attualità 23)

Pina-Mora, VACANZE ALTERNATIVE (Manuali 158)

Mascheroni, L'ARTIGIANATO ITALIANO (Manuali 159)

Farina-Saba, L'ITALIA DEI MIRACOLI (Manuali 160)

Corrias, I PRODOTTI GENUINI (Manuali 161)

Williamson, LA LEGIONE DELLO SPAZIO - QUELLI DELLA COMETA - L'ENIGMA DEL BASILISCO (1896/1897/1898) *3 voll. in cofanetto*

ANDIAMO IN FRANCIA (Guide 9)

Childe, L'AMOROSA CACCIA (1899)

Christie, DOPO LE ESEQUIE (1900)

NEL SEGRETO DEL CUORE (I Romanzi di Barbara Cartland 30)

Guest, GENTE SENZA STORIA (Bestsellers 45)

Goldoni, IL CAMPIELLO - GLI INNAMORATI (Classici 88)

Morris, IL COMPORTAMENTO INTIMO (Saggi 111)

Hinnells, LE RELIGIONI VIVENTI (Uomini e Religioni 23/24)
2 voll. in cofanetto

Carrington, GUIDA AI VOSTRI POTERI PARANORMALI
(Arcana 15)

I SEGRETI DELLA MIA SUPERCINQUE (Manuali 173)

I SEGRETI DELLA MIA VOLKSWAGEN GOLF (Manuali 174)

Dailey, IL RITO DELLA NOTTE (1919)

Freeman, RITRATTI (Bestsellers 53)

Christie, DELITTO IN CIELO (1920)

Machiavelli, IL PRINCIPE (Classici 96)

I CAPOLAVORI DELLA POESIA ROMANTICA (Classici 97/98)
2 voll. in cofanetto

Treville, LA BUONA CUCINA DELLE QUATTRO STAGIONI
(Manuali 177)

Gibbon, DECLINO E CADUTA DELL'IMPERO ROMANO
(Biografie e Storia 19)

Kezich, IL FILMOTTANTA. 5 anni al cinema, 1982-1986
(Manuali 175)

IL TESORO DELLA NOVELLA ITALIANA (Classici 99/100)
2 voll. in cofanetto

Miller, PLEXUS (1922)

D'Annunzio, FEDRA (Teatro e Cinema 27)

Sgorlon, LA CONCHIGLIA DI ANATAJ (1823)

I SEGRETI DELL'ALTA FEDELTÀ (Manuali 176)

Montale, POESIE SCELTE (Poesia 25)

Robbins, I MERCANTI DI SOGNI (Bestsellers 54)

Rex Stout, LA TRACCIA DEL SERPENTE (1924)

Questo volume è stato ristampato nel mese di luglio 1987
presso Arnoldo Mondadori Editore S.p.A.
Stabilimento Nuova Stampa Mondadori - Cles (TN)
Stampato in Italia - Printed in Italy

Oscar Mondadori
Periodico trisettimanale: 3 gennaio 1979
Registr. Trib. di Milano n. 49 del 28-2-1965
Direttore responsabile: Alcide Paolini
Spedizione abbonamento postale TR edit.
Aut. n. 55715/2 del 4-3-1965 - Direz. PT Verona
OSC